幽霊屋敷にようこそ

遠藤ヒロ
ENDO Hiro

文芸社

もくじ

1　探偵と霊能者

ドラムシンバルの音が闇を震わし、ライブハウスの熱気がにわかに高まる。

その熱は、ドア一つ挟んだ通路にまでは伝わらない。ＬＥＤライトの白い光が、ポスターやステッカーがモザイク状に貼られた通路を味気なく照らし出す。

その通路の非常口から一つ手前の扉の前で、入江千里《いりえちさと》は膝に頭がつくかというほど勢いよく頭を下げた。

「幽霊屋敷の調査に付き合ってください！」

「……あァ？」

ドスの利いた声が降ってくるが、まだ頭は上げない。

「いつもいつも悪いけど、今回は本当に重大案件なんだ！　どうか頼む！」

ステージ側からの音楽と歓声が、別世界のように遠く感じられる。

いい加減頭に血がのぼってきたところで、千里はようやく顔を上げる。

褪《あ》せた緑色の髪の青年は、千里が想像した通りの仏頂面でこちらを見下ろしていた。

彼はアマチュアバンドG2－Jのボーカル、蓮見翠《はすみあきら》である。黒革の服に身を包んで派手なメイクをしている様は、ステージ上では映えるのだろうが、白い灯りの下《もと》ではやや滑稽に見えた。

「俺は拝み屋じゃないって何度言ったら……」

「冷たいなー坊ちゃん！」

「女の子に恥かかせるもんじゃないよ！」

控室の中から笑い交じりの野次が飛んでくる。

蓮見のバンド仲間たちだ。蓮見以外のメンバーは六十代後半から八十代である。彼らは仕事をリタイアもしくはセミリタイア済みの、老後の趣味を全力で楽しむ優雅な高齢者たちだ。

「あんたらの頃とは違って、時代は男女平等なんだよ」

蓮見はそう言い返して、千里の手にあるドリンク引き換えチケットを睨む。

「……今日は金払って入ってきたみたいだし、ライブ後なら話くらいは聞いてやるよ」

――よし来た！

交渉権まで手に入れれば、これはもう勝ったようなものだ。だがここでへらへら笑うのは悪手なので、千里は神妙な顔で頷いた。


暗いステージに人影が現れ、登場を待っていた観客が色めき立つ。

するとライトが急に明滅しだした。演出にしては不自然な点滅だ。ぱしり、ぱしりと壁を濡れた布で叩くような音がする。観客の中からちらほら戸惑いの声が上がる。

「そんなにはしゃぐんじゃねえよ」

低い声がマイクに囁く。すると、不自然な点滅も異音もすっと途絶えた。

この程度の怪現象は、常連にとっては珍しくもないことだ。再び歓声が起こる。


蓮見翠は霊能者である。彼の周囲では、本人の意思に関わらず心霊現象が頻発する。

ドラムの合図と共に演奏が始まる。ジャンルはハードロック。高齢メンバーの趣味なのだろう、ややレトロな曲調になっている。

慣れれば心地よい爆音の中、蓮見のひび割れた歌声を肴に千里はカクテルを傾ける。

果たして蓮見は、千里の依頼に頷いてくれるだろうか？

七割がたＯＫかな、と千里は見積もる。

蓮見は嫌いな相手に対しては取り付く島もない態度を取るが、それ以外であれば案外押しに弱い。その事実は、さして目立ちたがりでもない彼がボーカルをしていることからも明白である。

また、拝み屋ではないと主張する一方で、心霊絡みのトラブルは放っておけないようで、自分から首を突っ込んでいくこともしばしばある。

あの夜もそうだった。

彼が声をかけてくれなければ、千里は一年も前に死んでいたのだ。


入江千里は心霊現象を調査する探偵である。

心霊現象の専門家というわけではないが、素行や浮気を調べるのと同じように、心霊絡みの案件も調査している。

探偵業もそれなりに胡散《うさん》臭い稼業だろうが、霊能者よりは親しみやすい、と考える層が一定数いるのだろう。千里のもとには、慎ましく暮らしていれば食べるのに困らない程度の依頼が寄せられていた。

だが、千里自身は霊能力の類を持ち合わせておらず、霊の存在さえも信じていない。

千里が心霊現象を調査するのは、それを否定するためだ。その目的は、自称霊能者による詐欺被害や、心霊現象に怯える人々を救うことにある。

＊

……ここで一つ決定的な訂正がある。千里は、霊の存在さえも信じていなかった。

調査依頼のあった心霊現象のほとんどは、恐怖心からくる思い込みであったり、誰かが面白半分で吐いた嘘であったり、何の不思議もない生理現象や物理現象であったり、偶然の一致であったりということで説明がついた。だが稀に、千里の知識では合理的な説明ができそうもない案件もあった。

もしかして、本当に本当の心霊現象もあったりするのだろうか？

そんな迷いが胸の奥で燻《くすぶ》り始めた頃、千里は曰くつきの盃の調査依頼を受けた。依頼主によれば、明治の頃に古い蔵から持ち出されて以来、その盃の持ち主は次々と発狂したり死んだりしているそうだ。

千里は呪いについても否定的であった。自分は呪われているという意識が不眠やストレスの原因となり、病気や事故を引き起こす可能性は十分ある。それが呪いの正体であろう。

そう仮説を立て、それを立証するために、千里はしばらくその盃を預かることになったのだが——。


業務の一環としてその盃を一度使った日から、妙な夢を見ることが増えた。

中身はあまり覚えていないが、妙に疲労感の残る夢だ。

呪いのせいだろうか。いや、そう思うことが危険なのだ。気のせい、気のせいに決まっている。

そう自分に言い聞かせて過ごしていたある日、自分のバッグの中からその黒塗りの盃が出てきた。

持ち歩いているわけがない。家で桐箱の中に大切に仕舞っていたはずなのだ。それなのに、何故バッグの中に入っているのか。

千里は家に帰ると、すぐに盃を箱の中に戻して、紐を何重にも巻き付けて結んだ。

だが数日後、千里は再びバッグの中から盃を見つけてしまう。

千里は盃を箱の上に出して、そして目立たないように監視カメラを置いた。

一体どんなタネで盃がバッグに入っているのか。誰かに陥れられているのなら明らかにせねばならないし、タネも仕掛けもない怪奇現象だとしても、客観的に確認するまでは認めるわけにはいかない。

その数日後、また例によって盃がバッグの中に入っていた。

こわごわ監視カメラの記録を確認した千里は絶句した。外出の準備中、一つ忘れ物をしたとでもいうように何気なく盃を摘み上げる千里の姿がはっきりと確認できたからだ。

何度早戻ししても、映像は変わらなかった。特別無表情というわけでも、血走った目をしているでもない、至極平然とした自分の表情が何よりも恐ろしかった。

盃を押入れ深くに仕舞っても、何度でも盃は千里の荷物に紛れ込んでしまう。その事実に怯え、疲弊していたある夜のことだ。

深夜零時頃、千里は、素行調査の張り込みを終えて繁華街から引き上げた。このとき調査記録に時刻を書き込んだから間違いない。はっきり覚えているのはここまでだ。

ふと気づくと千里は、路地に佇み、件《くだん》の盃の縁を愛おしげに指でなぞっていた。

長時間立ち続けていたときのように脚が鈍く痛んだ。周囲にはほとんど通行人はなく、時刻は深夜一時半だった。

一時間以上意識が飛んでいたことになる。千里は恐怖で血の気が引くのを感じた。どんな手を使ってでも、この盃を消してしまわなければ。千里は目の前のビルに飛び込み、屋上へと駆け上がった。そして、盃を捨てようと振りかぶる。

そして思う。駄目だ、そんなことをしたら大事な大事な盃が壊れてしまうじゃないか！

ぎりぎりで踏みとどまった千里は、手からこぼれた盃を受け止めようと手を伸ばし、屋上から大きく身を乗り出した。

そのとき、反対側の手首を乱暴に掴まれた。肩が捻《ねじ》れて痛みが走る。

「痛い！」

千里は腕を振り払い、恨みがましくその人物を睨んだ。遠くまでは飛ばなかった盃が、屋上の端に落ちてカラカラ音を立てる。

千里の腕を引いたのは、作業着姿の青年だった。色落ちした部分と地毛が混ざったまだらな髪色をしていて、力強い瞳は不機嫌そうに眇《すが》められていた。仕事中なのだろうに、首にはヘッドギアのように物々しいヘッドフォンを引っ掛けている。

「何してんだ、こんなとこで」

「え？」

何をしていたんだっけ？

見知らぬ青年に詰問されたとき、千里は頬に落ちる雨粒に気づいた。

小雨などではない、傘が必要になるくらいの雨だ。そんな当たり前のことすら気づけないほど視野が狭まっていたのか。

今の今まで自分は正気ではなかったのだ。千里は今更ながら慄《おのの》いた。恐怖に顔を強張《こわば》らせて、地面に転がる盃を見つめる。

目ざとくそれに気づいた青年は、盃を無造作に拾い上げると、思い切り地面に叩きつけ、踏み潰さんと片脚を振り上げた。

「やめて！」

千里は盃に覆いかぶさった。ぶつかりそうだった靴底がぎりぎりで止まる。

「……死にたいのか、お前」

脅迫めいたセリフだったが、彼のそれがただの忠告だということは千里にも分かった。

この盃は危険だ。その事実は、いかに強情な千里とて受け入れざるを得《え》なかった。――だとしても、それとこれとは別の問題だ。

「これは、お客さんからの預かり物だから、できることなら無事に返したい」

千里の主張に、青年は呆れた顔をした。

「そんなもん持ってたら早晩死ぬぞ」

彼は脅迫に似た忠告を繰り返す。その迷いのない態度に、千里には閃《ひらめ》くものがあった。

「君、もしかして霊感がある、とか？」

「……」

青年は舌打ちをして視線を逸らした。

この反応は――きっと本物だ。

霊なんて存在しないはず、という自分の中の前提が通用しない以上、霊能者がいないという前提も捨て去るべきだろう。

「壊さないで何とかする方法、知ってたりしない？」

「は？　馬鹿じゃねえの？」

青年は辛辣《しんらつ》だった。

「そんなもんは燃やすか壊すのが一番なんだよ。何で壊さねえんだ」

けっして大声ではなかったが、青年の言葉の端々には怒気が滲んでいた。

何で壊さないのか、と言われれば。

「私は、お客さんに『呪いなんてなかった』って説明しないといけないから」

「呪われてるぞ、諦めろ」

「それでもだよ！」

千里は声を張り上げた。

「私は、オカルトに振り回される人を一人でも減らしたいんだよ。嘘をついてでも」

それが千里の信念だった。呪いや霊が実在するかしないかはただの前提であって、目的ではないのだ。

千里は、盃をバッグにしまいこんだ。この行動は正気だ。……今は正気のはずだ。

冷静に考えろ。今屋上から飛び降りそうになったのは、恐怖のあまり千里が盃を捨てようとしたからだ。基本的に盃は千里のバッグに入り込んでくるだけなので、今すぐ命を奪われることはないのではないか。

千里が諦めてその場を離れようとしたとき、黙りこくっていた青年がようやく口を開いた。

「なら、しばらく風通しのいいところにでも置いておけ」

「……どういうこと?」

聞き返すと、青年は雨を掌で遮って再び考え込んだ。

「しばらく……そうだな、十日くらい風雨にさらすんだ。このビルの周りは絶対に駄目だ。もう少し寂れた地域の道がいい。神社とかも駄目だな。交差点もよくない」

「……私、無意識に回収しちゃうかもしれないんだけど」

「簡単に回収できないようにしろ。電信柱に接着剤で貼るとか」

それは、盃が破損しそうだし、それ以前に何らかの罪に当たるような気がする。

このビルの周りは駄目で、人口の少ない場所の道、ただし交差点は駄目……。

千里は青年の言葉を頭の中で反芻《はんすう》したが、理屈が謎なのでどうもピンと来ない。どの程度ひと気がない必要があるのか、何故交差点が駄目なのか。

「その、ちょっと手伝ってもらうわけには」

「やめとけ。そっちのが危ねえから」

「危ない？」

千里がオウム返しにすると、青年は自嘲的な笑みを浮かべた。

「偶然飛び込んだビルに霊感持ちがいるなんて幸運だと思ったか？　違うんだよ。お前がここでトチ狂ったのは、多分俺がいるせいだ」

「それはどういう……」

「俺が疫病神《やくびょうがみ》なんだよ。分かったらさっさとこのビルから離れろ。それだけでだいぶマシになる」

青年は、シッシッと小動物でも追い払うように手を振った。

一縷の望みをかけて、千里はその足でタクシーに乗り込み、地図アプリで適当に見つけた寂れた街——現在地から遠すぎず、かつ店舗などが見当たらない住宅地へと向かった。深夜の路上で、電柱に盃を紐で巻きつけて固定する。途中、何度か「一体自分は何をしているのだろう」と自問自答しながらも、千里は青年の提案を忠実に遂行した。

果たして、そのまじないは奏功した。

十日後に盃を回収してから、盃が千里のバッグにもぐり込んでくることはなくなった。そしてそれ以降、一切の凶事は起こらなかったのである。

風雨に曝された盃は少々傷んだが、無事依頼人に返すことができそうだった。

だが、理屈が分からないことには、どうにも不安が残る。

知らないことは識者に聞くしかない。というわけで、千里はかの青年のいたビルに再び乗り込んだ。

彼の名前が蓮見翠であり、アマチュアバンドマン及び件のビルのライブハウスで働くフリーターであるということは、探偵である千里にはすぐ調べがついた。

「来んなっつっただろうが……」

蓮見青年は苦虫を噛み潰したような顔をしたが、千里がしつこく説明を求めると渋々口を開いた。

「霊ってのは、生きた人間のエネルギーを掠め取って活動してるんだよ。人と引き離しとけば悪さはできない」

そういえば、件の盃は、誰も持ち主がいない状態では無害だったようだ。新たな持ち主が現れることにより、そこからエネルギーを徴収することが可能になる、という感じなのだろうか?

「じゃあ、道路端とかじゃなくて、人が全然いない山中とかのほうがいいんじゃ?」

「いや、人が全くいない場所だと剥がれにくいんだよな」

「……剥がれにくい、というと……?」

「多少流れがあるところのほうが、霊が剥がれやすいんだよ。……溜まった水に漬けても汚れは落ちないけど、流水だと綺麗になるだろ? そんな感じだと思う」

流れ……? 人の流れ? 道に放置するというのはそういうことか? でも交差点は駄目だとか色々言っていたような。

「やっぱりよく分からないな……」

「俺も理屈は知らねえよ」

彼の投げやりな言葉は、むしろ彼の〝本物らしさ〟を示しているように聞こえた。

医学知識のない者でも、腹を冷やすと具合が悪くなることは知っている。何故？　と問われても「だってそういうものでしょ」としか言えない。彼の話しぶりはそれに似ていた。

彼にとっての心霊現象は、理屈以前の現実《リアル》であるということなのだろう。

千里はこれまで、霊能者を自称する者をずっと警戒してきた。

けれど、彼は信用できるかもしれない。何の見返りもなく、千里を助けてくれた彼ならば。

「ありがとう。……また頼らせてもらうかもしれないけど、そのときは――」

「二度と来んな」

＊

そして今に至る。

彼は来るな来るなという割に、千里が困っていると面倒くさそうに手を貸してくれるのが常だった。

霊能者である彼と共に行動する中で、千里の常識はすっかり塗り替えられてしまった。けれど根底にある気持ちは変わっていない。霊もしくは霊能者に惑わされる人たちを救うべく、千里は微力を尽くすだけだ。

2　幽霊屋敷の探索

霊の姿を見たり、言葉を聞き取ったりすることができるのは、いわゆる霊感がある者に限られる。

一方で、心霊現象は誰でも観測することが可能だ。その多くは幻覚や悪夢の類であるが、家具などが動き回るポルターガイストのように、録画や録音ができる心霊現象も稀に発生する。

それらの現象を引き起こしているのは霊であるが、霊はバッテリーの切れたスマートフォンのようなものであり、単体で何かをしでかすことはできない。生きた人間からエネルギーを奪うことによって、はじめて心霊現象を引き起こすことができる。日々心霊現象に悩まされている人間が徐々に衰弱していくのは、心霊現象そのもののストレスに加え、エネルギーを奪われているためらしい。

そして、蓮見はそのエネルギーが人よりも遥かに多いそうだ。それが、彼が疫病神を自称する所以である。

蓮見のエネルギーは、彼の意思に関係なく心霊現象を活発にする。そのため、彼の行く先々でライトが明滅し、マイクがハウリングを起こし、スマホが謎のメッセージを受信し、誰もいないトイレからノックの音がするのだ。

近代の欧米において人気があった交霊会とは、心霊現象を一般人が鑑賞する見世物だったと聞く。そこでスター扱いされた霊能者は、心霊現象を引き起こす者のことだったそうだ。この歴史を鑑みれば、蓮見は正統派の霊能者ということになるのではないだろうか。

だが、蓮見としては、自分でコントロールできない事象を「能力」と称することに抵抗があるらしい。

「俺が行っても幽霊屋敷がグレードアップするだけなんだよな」

助手席の蓮見は、そうぶちぶちと呟いた。

文句を言いながらも結局千里についてきてくれるのが蓮見という男である。

「蓮見君じゃないと霊を視《み》ることができないじゃないか。それに、グレードアップしてくれたほうが調べやすいかもしれないし」

千里の言葉に、ヘッドフォンを着けようとしていた蓮見が手を止めた。

「調べる？　あんたの仕事って、事故物件とかに住んで『大丈夫でした』って嘘つく仕事じゃなかったか？」

「それは大丈夫なんだよ！　嘘じゃなくて！」

大概の場合は、という注釈はつくが。

「今回の仕事は、幽霊屋敷を探索後に失踪した女性を探すことだよ」

個人情報なので蓮見には伏せておくが、女性の名前は二木《にき》沙雪《さゆき》という。関東の大学に通う大学生だ。

「えっと、今から行く幽霊屋敷については『全国心霊現象データベース』を参照してもらっていい？」

「酔う」

蓮見は文句を言いながら千里のスマートフォンを開いた。ちなみに、蓮見もスマホを持っているが、頻繁に誤作動を起こすため、どうしても必要な時以外は使用しないのだそうだ。現代っ子としては致命的な弱点だと思われるが、本人はさほど困っていないように見える。

『全国心霊現象データベース』は、ＳＮＳや動画投稿サイトなど、オンライン上の心霊現象に関する情報が集められたデータベースだ。オカルト好きかつＩＴスキルを持つ有志によって運営されているらしい。

そのデータベースによると、これから向かう幽霊屋敷の基本情報は以下の通りである。

その幽霊屋敷は、Ｓ市の県道沿いにある廃墟である。かつては別荘として使われていた。所有者の死後は不動産会社が保有しているが、長期にわたり放置されている。「私有地」「売物件」などの記載がないため、心理的に侵入しやすい。それゆえに地元大学生の肝試しスポットになっているらしい。

入った人間はほとんどが不気味な音や振動を観測している。ドアが開きにくくなったり、物が動いたりする事象も報告されている。

そして、そこを訪れた者の一部は、近いうちに姿をくらましてしまうという。

「……酔った」

蓮見は千里のスマホをスマホホルダーに捻じ込んだ。

「その女は、ここに侵入して消えたってことか?」

「そうらしいよ、大学の友人たちに付き合わされたとかで。失踪したのはその一週間後だそうだ」

「馬鹿だな」

車酔いの不快感に顔をしかめながら、蓮見は辛辣に吐き捨てた。

千里は蓮見のそういう率直なところは嫌いではないが、改善の余地があるところだとも思っている。無駄に人を傷つけるのも、敵を増やすのも、そう褒められたことではない。

「馬鹿だとしても、探す必要がないわけじゃないでしょ」

千里がそう言うと、蓮見はただ鼻を鳴らしてシートに座り直した。

「私に依頼をしてきたのは、失踪女性の両親だよ。警察への捜索願はもう出しているけれど、本当に心霊現象が原因だったら警察には探せないかもしれないと不安になったそうだ」

二木夫妻は、怪談話を盲目に信じ込むようなタイプには見えなかった。千里に依頼を出してきたのは、全ての手を尽くしたいという気持ちの表れなのだろう。

「専門家としてはどう思う? そういうことって起こりうるのかな」

「そういうことって?」

「霊にとり憑かれて、神隠しに遭うとか、異次元に取り込まれるとか、そういうことは起こると思う？」

「異次元～？」

蓮見は声を裏返らせた。どうもこれは「なし」の反応だ。

「カミサマのことは知らねえけど、心霊現象でそこまで魔法みたいなことは起こらねえだろ」

千里からすると、家具がひとりでに動いたりする心霊現象は魔法のようなものに思える。その違いを教えてほしいものだが。

「でも、怪談話とか都市伝説とかでも、存在しない場所に迷い込んだ系の話は多いよね？『きさらぎ駅』とか。ああいうのは絶対起こらないってこと？」

乗っていた電車が実在しない駅に到着した、という有名なインターネット上の怪談を挙げると、蓮見はしばし考え込んだ。

「その話が事実かどうかは知らないが、似たようなことは起こると思う。だがそれは異次元とかそういうアレじゃない」

「じゃあどういうアレ？」

「幻覚か悪夢の類だ。トチ狂って普段絶対行かないようなところに迷い込むこともあると思うが、瞬間移動したり人体消失したりはしない」

「……なるほど」

霊にとり憑かれて悪夢を見たり、おかしな行動をしたことは千里自身もある。それでも「ここは地獄か異次元か？」と思い込むことはありそうな話だ。

「じゃあ、仮に霊の仕業だとしても、警察が絶対見つけられない場所にいる、なんてことはないってこと？」

「俺はそう思うな……」

蓮見は珍しく口ごもった。「海底にでも沈んでなければな」とでも言おうとして、自重したのかもしれない。

「じゃあ、『霊にとり憑かれて思考や精神が異常な状態になって失踪した』と仮定して調査しよう。本当に霊のせいだったら、霊の正体が分かれば、失踪先も絞れるかもしれない」

「分かった。……この間みたいに怪我しないといいけどな」

蓮見はミラー越しに千里の額をじとりと睨んだ。

三週間ほど前、廃工場の調査のため、千里は応援に蓮見を呼んだ。このときは蓮見が到着した途端にガラスが割れ、千里は額に切り傷を負ったのだ。

「今回は大丈夫」

そう言って、千里は誇らしげに後ろを指さした。蓮見は後部座席を覗き込む。

そこには、ヘルメットとレザージャケット、そして防刃軍手と懐中電灯とゴーグル、あと不審者や野生動物に遭ったとき用に警棒と催涙スプレー、車が動かなくなったときに備えて水や非常食、そのほか非常用毛布や救急箱なども積んである。備えあれば憂いなしだ。

「……日帰り調査だよな？」

「泊まるんならもっと色々持ってくるよ」

「……ああ、そう」

蓮見は大きなヘッドフォンを耳に当てた。助手席を傾けて、どうやら眠る態勢である。

蓮見は、勤務中以外はほぼ常時音楽を聴いている。音楽が好きなのは間違いないようだが、それだけが理由ではないらしい。

霊能力者である蓮見は、常に霊の姿や声を感知している。霊の姿は目を閉じれば見えなくなるが、霊の声は耳栓をしても聞こえてしまうのだそうだ。だから、音楽で耳を誤魔化すのである。

蓮見はライブハウスの他にパチンコ店でも働いているのだが、どちらも騒がしいことに定評のある仕事場だ。そのほうが蓮見にとっては働きやすい環境なのだろう。

人の声は、眠りを妨害するものだ。だから蓮見は眠るときにも音楽を聴いている。千里には、それが耳に優しいとは到底思えないのだが、霊の声に悩まされたことのない千里が言えたことではない。

「着いたら起こすよ」

蓮見はバックミラーに向けて片手をあげて応え、目を閉じた。


海と山林の隙間に鎮座する幽霊屋敷は、二階建ての５ＬＤＫである。

事前調査によると築三十年程度だそうだ。年数だけ見ればまだ住めそうなものだが、手入れされず自然に呑み込まれた家は、廃墟と呼ぶに相応《ふさわ》しい荒れっぷりであった。

この家を建てたのは首都圏の中年男性だったが、数えるほどしか利用せず、二十年ほど前に亡くなったようだ。

幽霊屋敷の噂の初出は五年ほど前になる。当時の記録からは、すでにこの建物が荒れ果てていたことが察せられる。

放置されている廃墟だとしても、許可を取らずに私有地に侵入するのは犯罪である。

そのため千里は、廃墟の持ち主である不動産会社に調査の許可を申請している。「知りませんよ、勝手にすれば」をビジネス翻訳したような返信ではあったが、一応許可は出ている……はずだ。

鍵はとうに壊れていると聞いている。緊張しながら取っ手に手を伸ばすと、ドアが軋む音を立てて開いた。

「うひゃあ！」

千里の悲鳴が廃墟の中に響く。中には誰もいない。

「……おい、これは違うぞ」

背後で控えていた蓮見が、決まり悪そうに言う。

「え？」

「外から開けた。……つまり俺のせいだな」

「……あ、そ、そう……」

蓮見の行く先では心霊現象が起こる。つまり、幽霊屋敷でなかったとしても何かしら起こるのである。紛らわしい。

「とりあえず、入ろうか」

二人が中に入ったところでドアが勝手に閉まった。空気の遮られる感触に、千里はまた悲鳴を上げそうになる。

「違うぞ」

「え？」

「これは、ここの奴が閉めた。どうやら本物の幽霊屋敷らしいな」

「そうなんだ……」

紛らわしすぎて、千里は悲鳴を上げる機を失った。


千里と蓮見は、靴を履いたまま中に入った。汚くて危ないからだ。

部屋の隅には、スナック菓子の袋やチューハイの缶などが散らばっている。

普通のガラス窓が、すっかり汚れて天然の曇りガラスのようになっている。一部は割れて、その周辺の床は砂でざらついている。屋内は薄暗かったが、懐中電灯はまだ点けなくてもよさそうだった。

「なんかいる？」

「そうだな——」

蓮見が答えるまでもなく、ドン、と隣室から鈍い音がした。

「な、なに？　心霊現象？」

「多分な。……人がいなければ」

千里がヘルメットを抑えてきょろきょろと周囲を見回すと、蓮見が冷静にそう返した。

言われてみれば、人が上がり込んでいる可能性もゼロではないのか。

千里は、用意していた警棒を握りしめた。

「人間のほうが危ないからね！　行くよ！」

千里は思い切って扉を開けた。いや、開けようとした。

だが、扉は何かに引っかかって途中で止まった。

開いた隙間からこわごわ中を覗く。蓮見が照らす懐中電灯の明かりの中に、人の姿は見えなかった。

ドン、と再び物音がする。だが、室内で何かが動いている様子はない。

ドアは絨毯でも巻き込んでいるのか、開きも閉まりもしない。

怯える千里を尻目に、蓮見はドアの隙間から頭を突っ込んで、周囲をじっくりと見渡す。

「いる？」

もちろん、生きた人間ではなく霊の話だ。

「……姿がないな。そう遠いとも思わないんだが」

とりあえずこの部屋を調べようか。そう思ったとき、また空き部屋が音を立てた。侵入者を威嚇するかのように。

「……他の部屋から先に確認しようか。どうせ全部見なきゃだし」

千里は怖気づいて、あっさり方針を変更した。

＊　＊　＊

意外と傷んでいない階段を昇り二階へと向かう。ガラスが派手に割れた廊下には、澄んだ外気が入り込んでいた。

ほっと息をついた矢先、隣を何かが駆け抜けていくような気配がした。千里はびくりと振り返るが、そこには誰もいない。

蓮見はそのことには触れず、階段から下を見下ろした。

「上階は影響がなさそうだな。ここの霊は、家の中を自由に歩くタイプじゃないんだろう」

「いやいや、今何かいたでしょ！　あっちに走っていった！　私にも分かったよ⁉」

千里は足音がした廊下を指さして訴える。

「あれも俺の持ち込みだ」

「……ドア開けた霊《ひと》？」

蓮見は頷いた。どうやらこの屋敷は、蓮見の訪問により幽霊屋敷プラス1になってしまったらしい。

「薄々思ってたけど、蓮見君っていつも誰か連れてる？」

「ノーコメント」

どうやら図星らしい。

「ど、どんな霊？」

蓮見は千里の問いかけを無視して別の部屋の探索に入った。ノーコメントって言っただろうがボケ、と背中で語っている。

ここは諦めるしかない。蓮見は身内の押しに弱いが、それは相手が困っているときだけのことであって、彼は基本的にノーと言える日本人なのである。

突き当たりの扉を開ける。カーテンの残った部屋がある。どうやら寝室であり、家具もいくつか残っていた。

床に何か散乱している。懐中電灯で照らすと、使用済みの避妊具だった。

「やばいなこいつら。正気か？」

「正気じゃないと思うよ！」

気まずさと呆れで千里は叫んだ。

信じられない。ホラー映画を盛り上げるために死ぬタイプのカップルは実在したのか。

「こういう連中は呪われてもいいんじゃないかな……」

千里が呟くと、蓮見が珍しく噴き出した。

「でも実際どうだろう。こういうふうに自宅を荒らされたら、呪いたくもなるものじゃないかな？」

「それは霊によると思うが……あんたはこの家の家主だと思ってんのか？」

「違うの？」

埃まみれのクローゼットを閉じて、蓮見はしばし考え込んだ。

「ここは別荘だったんだろ？　元の家主は金持ちかなんかで、本宅は別にあった」

「特別金持ちかどうかは知らないけど、まあそうだろうね」

「じゃあ、ここに執着することはないと思うな。それに家主が死んだのは相当前なんだろ？」

そういえば、ここの所有者はほとんどこの別荘を使っていなかった上に、二十年前に亡くなっている。一方で幽霊屋敷の噂が立ったのは五年前だ。

「それじゃ、別の霊《ひと》？　自宅や職場以外に霊がいることもあるのかな？」

「物や人に憑いてる奴は、憑いている対象が動けばどこにでも行く」

「ああ、物とかにも憑くんだっけ」

盃に憑いた霊に取り殺されかけたのは、もはや遠い思い出だ。

「特に何にも憑いてない……浮遊霊みたいな奴もいなくもないが、そういう連中は基本すぐ消えるから、今回は無関係だろうな」

「そうだね」

幽霊屋敷なのだから、居座っている霊がいると思ったほうがいいだろう。

「それよりも俺は、ここが幽霊屋敷になってることのほうが気になってるんだよな。人里からちょっと離れてるのに」

「……どういう意味？」

「ただ霊が家にいたところで、『幽霊屋敷』にはならないだろ」

何を言っているんだこの霊能者は？　千里は数秒ほど考え込んでから手を叩いた。

「『幽霊屋敷』と呼ばれてるってことは、心霊現象が起こってるってことだもんね。霊能者以外が気づくような」

日常的に霊を視ている霊能者は、室内に霊がいたとしても幽霊屋敷だと騒いだりはしないだろう。騒ぐのは霊能者でない者だけで、霊能者以外が霊の存在に気づくのは、心霊現象が起こっているときだけだ。

心霊現象が起こるためには、生きた人間のエネルギーが必要だ。よって心霊現象は、基本的に人の多いところで多発する。人里離れた一軒家が幽霊屋敷になるのは不自然だ。

「……複数人で肝試しに来て、その中に蓮見君みたいな霊能者が混じってたら？」

蓮見がいると、心霊現象は活発化する。それと同じような体質の人間がいるとすればどうだ？

「幽霊屋敷に肝試しに行くなら、『知り合いの霊感ある子連れて行こう』ってなるかもしれないし」

「今回みたいに疫病神が現場にいたら、そりゃ幽霊屋敷にもなるだろうが」

「だとしたら、もともと幽霊屋敷の噂が流れてないといけないか」

二人揃って首を捻るが、答えは出そうにない。

霊とはこれこれこのようなものだ、という一般的な言説は、宗教的な話が半分、怪談話が半分くらいだ。正しい部分も一割くらいはある気がしているのだが、どこの一割が正しいのかが不明であるため、あまり当てになるものではない。いくら頭を捻っても考える材料が少なすぎる。

「考えてもしょうがねえか。とりあえず俺が霊を視ればいいいんだよな。……何笑ってんだ？」

「え？」

笑っていたか？　千里は自分の頬をぺちぺち触る。少し口角に力が入っていたかもしれない。

「なんか入ったか？　そんな気配なかったが」

蓮見が慌てて周囲を警戒する。

「いや、霊とかじゃない……」

千里は口を指でマッサージして真顔になるよう努めた。

思わず笑みがこぼれていたとしたら、多分、幽霊屋敷について真面目に考え込む仲間がいることが嬉しくなってしまったからだ。

幽霊を否定しながら心霊調査をする千里の周囲には、同僚も同業者も一人もいない。だから何だ、信念さえあればそれでいい。千里は長いことそう信じて孤軍奮闘してきた。そんな千里だからこそ、目的を一にする仲間がいることはとても心強くて、笑えてくるほど嬉しいことだと感じるのだ。

仮にそれが、当人が気にしているように疫病神だったとしても、千里にとってはほんの些細な対価でしかないのである。

二階にあるもう一つの寝室と私室を確認する。ここも荒れているだけで、大きな問題はなさそうだった。何度か謎の物音が響き、その度に千里は動揺したが、それらは全て蓮見が持ち込んだ心霊現象であったらしい。

「いつもよりもうっせえな」

蓮見が鬱陶しそうに舌打ちをした。幽霊屋敷では幽霊が活発になるものなのだろうか？

千里は、手書きで作った間取り図の中に、調査した結果を書き込んでいく。これで二階の全部屋が調査済みになった。

「やっぱり下なんだろうね」

千里が呟くと、蓮見は頷いた。

「家そのものじゃなくて、特定の部屋や物に憑いてるのかもな」

一階にはリビングダイニングキッチンがあり、その他に部屋が二つ。一つは窓のない部屋、おそらく倉庫で、もう一つは先ほどドアが半分しか開かなかった部屋だ。

広いリビングは、肝試しに来た者たちのたまり場になっているらしく、一際荒れている。ソファは引き裂かれ、執拗に握り潰され金属塊と化した缶が多数転がっている。飲食物の空容器が部屋の隅に積まれていて、饐《す》えたような臭いもする。

リビングに入ったところで、カタカタと建物が揺れた。家のそばを大型トラックが通ったような揺れだ。

「地震……？」

千里はスマホを見たが、この地域に地震があったという通知は届かなかった。やや電波の悪い土地だから届いていないだけかもしれないが、多分心霊現象なのだろう。やはり来訪者が一階に来ることで心霊現象は激化するようだ。

「……蓮見君は、ここにいる霊がどんなものか分かる？　性質が悪いとか、そうじゃないとか」

蓮見は隈の浮いた大きな目で、鋭く周囲を見渡した。

「……本体を見ないことには分からないな。危ない奴っぽいとは思うけどな。普通の人間は、部屋に人が入ってきたからって急に床殴ったりしないだろ」

「そういうイメージでいいんだ？」

確かに、あの音で千里は恐怖を覚えた。威嚇、もしくは何か訴えたいことでもあるのだろうか。

千里はヘルメットのライトを点けてかがみ込み、キッチンの床を調べる。

「……うん？」

床が削れている。何か車輪のついたものが、繰り返し通ったかのようだ。肝試し目的の若者が持ち込むというには少々不自然だ。

千里は立ち上がった。一瞬立ち眩みのような感覚があるが、気にせず蓮見に呼びかけようと振り返る。

「はす――」

その開いた口の中に、丸めた布が捻じ込まれた。

「……………⁉」

千里は叫んだつもりだったが、「おう」というささやかな呻き声しか漏れなかった。

次に視界が奪われる。浮遊感とともに身体が自由を失う。閉ざされた口で喚くが、乱暴に担がれてどこかに運び出されてしまう。

何これ⁉　一体どこに行くの⁉

頭や肩が床や壁にぶつかっても、誰も気遣ってはくれない。荷物になった気分で、千里はどこかへと搬送された。

＊

……どれくらい経っただろうか、ふと気づけば、目を塞ぐ布に隙間ができていた。

片目を開けて周囲を窺う。

暗い部屋に、丸い窓があって光が差し込んでいる。窓の外には黒色の大地が広がっているだけで、他には何もない。

……違う。これは——海だ。

重たい色の曇天を、海鳥が斜めに横切っていく。

千里は起き上がろうとした。けれど、全身を拘束されていて動けない。

生きたまま棺に入れられてしまう、そんな怪談を思い出す。掌が微かに開いたり閉じたりするくらいしか動けない。

………。

千里は薄暗い部屋に寝かされていた。

背中や腰が治りかけの火傷のように痛くて痒い。けれど動けないことはとっくに思い知っている。

天井はどれだけ経っても何一つ変わらず、味気ない白だ。

両目から涙が出てくる。けれど、表情筋はほとんど動かず、わずかに引き攣れるだけだ。拭うこともできない涙は重力に従って流れる。仰向けになった耳にまで涙がこぼれて、生温《なまぬる》く湿った感触がある。

もう嫌だよ。

もう嫌だ。

…………。

＊

ぱしゃり、冷たい水の感触で、千里は目を開けた。

湿った視界の中、懐中電灯を持つ人影が揺らぐ。

「おい、起きろ！」

駄目だよ、動けない。

「ああ、もう！」

胸倉を掴まれて、無理矢理に身体を起こされる。トットットットッ、という小気味のいい音とともに、文字通り冷水を浴びせられる。水が髪を通り、服の中にまで入ってくる嫌な感触がある。

……ん？

千里はぱちぱちと瞬きをした。

ヘルメットのライトで煌々と照らされて眩しそうにしているのは、懐かしい顔だ。蓮見翠。霊能者でフリーターのバンドマン。一緒に幽霊屋敷に……。

「えっ？」

千里は両手を見た。少々ぎこちない気がするが、問題なく動く。誰にも拘束などされていない。

「こ……ここ、は」

「さっき開かなかった部屋だよ」

蓮見は、大きくため息をついた。

周囲を見回せば、汚れた窓ガラスや家具が見て取れる。やや暗くなったが、まだ夜ではない。

ここは――幽霊屋敷か。

「ああ～……」

千里は心底安堵して、顔を洗うように両手でごしごしと擦った。軍手が汚いので多分顔は汚れただろうが、少し気分が晴れた。

「大丈夫か？」

「大丈夫……大丈夫だよ。何か、すごく悪い夢を見てた」

「どんな夢だ」

「拘束されて動けないままどこか遠くに運ばれて、ずっと長い間監禁される夢」

千里は勢いをつけて立ち上がった。身体が思い通りに動く、こんなに嬉しいことはない。

バッグからタオルを出して、頭と目を拭く。涙は現実でも出ていたようで、瞼が熱を持って腫れていた。

「どれくらい経ったの？」

「俺が見失ってからはせいぜい十五分くらいだ。俺がリビングを調べてる間に消えてた」

「うっそお……」

体感時間としては短くとも数年はあった。

栄華の半生を体感する『邯鄲《かんたん》の夢』という故事を思い出す。どうせ長い夢ならば、いい夢であってほしかった。

「怪我はなさそうだな？」

蓮見が懐中電灯で千里の全身を照らす。

千里は肩や腕を回してみるが、これといって痛む箇所はなかった。

涙と一緒に鼻水も漏れていたようだ。千里はポケットから取り出したティッシュで思い切り鼻をかむ。鼻水が出たら鼻をかめるというのは幸福なことだ。身体が痒くてたまらないのに、手を握ったり開いたりして誤魔化すしかなかったときに比べたら。

「今の……、心霊現象だよね」

「だろうな」

幻覚や悪夢は、心霊現象で最もよくあるパターンである。

蓮見によると、心霊現象で幻覚や悪夢を見るのは、霊が無理矢理デバイスを接続してデータを同期するようなことだそうだ。

よってその内容は、霊の生前の記憶や思考がベースになっているらしい。

つまりここにいる霊は、誘拐されて監禁された被害者だということだ。

蓮見に渡された天然水のペットボトルを一口飲む。濡れた箇所に風があたって肌寒くなってきた。

「監禁被害者の霊がこの建物に執着している、とするなら……その人は生前この建物で監禁されてたってこと？　幽霊になったんなら、壁も床も突き抜けてどこへでも行けばいいのに」

「囚われてるんだよ。好きで留まってるわけじゃない」

蓮見は、千里の間取り図を懐中電灯で照らした。まだ夜ではないが、室内は随分暗くなってきた。

「あんたを探してる間にここ、倉庫も覗いたんだ。これで部屋は一通り確認はしたはずなんだが、俺はまだ霊を見てない」

「霊の、本体というか……人の形をしているものだっけ」

「ああ」

霊の本来の姿は、我々一般人が想像する幽霊像通り、生前と同じ姿をしているらしい。

ダン、とまた不審な音が響いた。蓮見が床に掌を当てる。

「もしかして、地下室があったりしないか」

「………！」

言われて千里は思い出した。もう何年も前かのような記憶、倒れる直前に見たものを。

キッチンの床にあった傷、何かの車輪で削れたような傷は、一体どこに向かっていた？

「……やっぱり。これはドアだよ。気づかなかった」

千里はキッチンの壁を叩いた。金属製で、向こうが空間になっている。他の壁紙と同じクリーム色で分かりづらいが、ノブのないドアのようだ。指を引っ掛けて引いてみるが、鍵がかかっているようで動かなかった。

だが鍵穴は見当たらない。位置的には食糧保存庫かワインセラーだと思うのだが、セーフルーム——不法侵入者から隠れるための部屋——も兼ねていたりするのかもしれない。だとすれば、外から分かりづらくするのも当然か。

千里はライトで隅々まで照らした。どこか目立たない場所に鍵穴があるかもしれない。

「開かないのか?」

「そうだね、鍵が掛かってる」

思い切って金槌で殴ってみようか?　けれど、もしもセーフルームならそんなことで壊れたりはしないだろうし、放置されているとはいえ他人様の持ち物なのだから、意図的に傷つけるのは憚られる。

「ちょっと見せてくれ」

蓮見に言われて、千里は隠し扉の前からどいた。

蓮見は扉に手を当てて、何度か開けようと試みる。

「……なるほど」

蓮見は目を細めて、隠し扉に鼻先を近づけた。

「開けろ」

低い声で囁く。……一体誰に？

十数秒ほど後、ガチャン、と音がした。

「開いた」

蓮見は隠し扉を開けて見せる。キイ、と金属の擦れる音がした。

「えっ？　何？　どういうこと？」

「開いた」

「いや、それは分かったけど」

中には下方に向かう道が延びている。声がわんわんと反響して、千里は口をつぐんだ。

そういえば、近代の心霊ブームにおける霊能者は、透視や念動力、空中浮遊などもこなしたと聞く。霊能者ならこれくらいの芸当はできて当然……なのか？

「随分急なスロープだな」

蓮見は、靴底で地下へ向かう通路を確認する。確かにかなり急なスロープだ。元は階段だったところを埋めて、無理に斜面にしたのかもしれない。

「……行くよな？」

千里はヘルメットのライトの位置を直して頷いた。

急な坂を、壁に手を当ててじりじりと降りる。動きやすいスニーカーを履いてきてよかった。

地下室は、当たり前だが地上よりも遥かに暗かった。懐中電灯とヘルメットのライトだけが頼りだ。

ドン、と音がする。先ほどまでとは比べ物にならないほど大きな音が、コンクリートの壁に反響する。

今はっきり分かった。音源はこの地下室だ。

地下室はそれほど広くない。壁際には空になった棚がある。

ストレッチャーが二台ある。平行ではなく、粗雑に並んでいる。点滴のようなものがぶら下がっているが、すでに空になっている。

ストレッチャーの上には、それぞれ人のようなものが横たわっている。

そしてそれらは何故か、ミイラのように布でぐるぐる巻きにされている。

千里は、自分で自分の腕を強く握った。先ほど見ていた悪夢、まともに寝返りもできないあの状況と、目の前の人物の様相はあまりにも一致している。ということは――。

千里は、布に巻かれた人物の顔をライトで照らした。

「……………！」

その人物は、すでに事切れていた。

想像したよりは——蛆がびっしりとうごめいているだとか、腐敗して骨が露出しているだとか——凄惨な姿ではなかった。少々嫌な臭いがするが、強烈な腐敗臭は感じない。ただ眠っているだけのようで、それでいて、もう息がないことは明らかであった。布の間からわずかに覗く肌は造り物のような土気色で、瞼がくぼんでいる。

息が詰まって、心臓が騒いだ。千里は手の甲で鼻と口を覆いながら、気持ちを落ち着かせようとゆっくり息をする。

振り返り、もう一方の人物の顔もライトで照らす。こちらも包帯でぐるぐる巻きのミイラ男状態だ。

その黄ばんだ目玉が、ぐいと動いた。まだ生きている！

「ひっ！」

千里は悲鳴を上げて後ずさり、蓮見にぶつかった。

死者よりも生きている者に悲鳴を上げるというのも失礼な話だが、そちらのほうが千里にとっては想定外のことだったのだ。

どうしよう。……どうすればいい？

「そうだ、救急車……！」

無意識に掴んでいた蓮見の服の裾を放して、千里はスマホを探してポケットを叩く。

「警察も」

「そ、そうだよね、亡くなっている人もいるし」

仲間がいることを再確認して安堵した千里は、蓮見を振り返った。

ライトに照らされた蓮見は、こちらを見てはいなかった。強張った表情で部屋の奥を見つめている。

「いる、なんてもんじゃねえよ」

蓮見は、部屋の奥に懐中電灯を向けた。そこにあるのはひび割れたコンクリートの壁ばかりだ。

だが、蓮見は霊能者であり、ここは幽霊屋敷である。

「六……いや、七だ。ここは霊がウヨウヨしてる。……そいつらと同じように、包帯ぐるぐる巻きのな。死んでもこの地下室から出られなくて、そこら中に転がってる」

千里はぎょっと目を見開いて暗闇に目を凝らしたが、やはりそこにはコンクリート壁があるばかりだ。

「……ここで、一体何が？」

千里が乾いた声で呟くと、蓮見は部屋の奥に向かった。闇も霊も、彼にとっては恐るべきものではないらしい。

「……駄目だな。壊れてる」

蓮見は首を横に振った。

「壊れてる？」

「メンタルが。怨霊なんてそんなもんだ。……だが、奴らに何があったかはあんたのほうが知ってるんじゃないか？」

「私が？」

「見たんだろう、悪夢を」

……突然誘拐され、拘束されたまま長い長い時間を過ごした。

ぶわ、と全身に鳥肌が立った。拘束されていたときのことが——けっして自分の記憶ではないはずだが——つぶさに思い出されて、絶望と無力感に胸が締め付けられ、息が苦しい。

「ごめん、外出る……」

千里はそう言い残して、這《ほ》う這《ほ》うの体《てい》で地上に出た。

地上に出て深呼吸する。廃墟の埃まみれの饐えた空気でさえ、千里には新鮮に感じられた。

呼吸が落ち着いたところで、千里は警察に通報した。蓮見が「視た」内容は伏せ、「拘束された人物が二人いた」「衰弱している様子だ」「一方は亡くなっているかもしれない」ということだけを伝える。

通報から三十分ほどで警察が到着する。千里は状況を説明して、地下室に案内する。

ちなみに、地下室で拘束されていたのは二人とも中高年の男性であり、千里が捜索している女性、二木沙雪ではないことは明らかだった。

捜索対象の手がかりが見つからなかったのは残念だが、もし捜索対象が拘束されて死んでいたら報告するのもつらかっただろう、と千里は複雑な気分になる。

蓮見が「視た」大勢の霊――それは、あの建物で大量殺人があったことを示しているのだろうか？

ここでの凄惨な出来事は、二木沙雪の失踪と何か関係があるのだろうか？

何一つ分からないまま、二人は調査を終え帰路についた。

数日後、千里はウェブニュースを漁ったが、「空き家の中で二人の人物が発見され、一人は死亡、一人は衰弱しており病院に運ばれた」という情報しか見つけられず、続報も特に伝えられなかった。

＊　＊　＊

それから十日後、蓮見翠が姿を消した。


千里が蓮見の失踪を知ったのは、幽霊屋敷の探索からちょうど三週間後のことだった。

蓮見が働くライブハウスのスタッフによれば、蓮見は突然無断欠勤をするようになり、電話やメールをしても音沙汰無しだという。

「むしろあなたのほうが何か知らないですかね？」

そう問い返されて、千里は呆然と立ち尽くすほかなかった。

関係先——バンドメンバーや他のバイト先であるパチンコ店などにも問い合わせたが、

何の連絡も取れないとのことだった。

千里は蓮見の自宅アパートにも押しかけたが、虚しくドアチャイムが鳴り響くだけだった。近隣住民に聞き込んでも、何の情報も得られなかった。

——幽霊屋敷を訪れた者の一部は、近いうちに姿を消してしまうのだという。

私が、幽霊屋敷になんか連れて行ったから。

成果のない捜索を終えた千里は、ずしりと重い罪悪感を抱えて帰宅した。

どうしたらいいいんだ。一人目の失踪者の情報が全く得られていないうちに、二次被害を出してしまうなんて。

屋敷で霊にとり憑かれたのは千里のほうだったのに、何故蓮見が。

……いや、それは違うんじゃない？　薄暗い自室で、千里は自問自答する。

蓮見を失踪させたのは、本当にあの霊たちなのか？

家中を捜索した結果、蓮見は「霊は地下室にしかいない」と断言している。その霊たちは「地下室に囚われている」とも。そのような霊が、蓮見をどこか知らない場所に連れて行くことなどできるだろうか？

霊でなければ誰がやった?――もちろん、生きた人間だ。

あの幽霊屋敷が、拉致監禁の現場となっていたことは明らかだ。その犯人たちが、幽霊屋敷の探索をした蓮見に目を付けた。そう考えるほうが自然ではないか?

そして二木沙雪もまた、同じ犯人に誘拐されたのでは……?

根拠はないが、千里はそう決め付けた。きっとそうだ。そうに違いない。

相手が生きた人間ならば、彼らを探すのは警察の仕事だ。幽霊屋敷地下の監禁事件についてはすでに通報済みであるし、二木沙雪の両親も我が子の捜索願を出している。警察はすでに動いているはずだ。

けれど、何かできることはないか。千里にだけできることは。

例えば……そう、あの夢だ。千里はデスクからメモ帳を引っ張り出した。

千里が霊に見せられた悪夢、あれを分析できれば、拉致監禁事件の解決に近づくのではないか?

印象的なのは丸窓から見えた水平線だ。あれはきっと船だった。あえて船という交通手段を選ぶということは、行き先はどこかの離島だったのではないか?

千里は離島についてウェブ検索してみる。

「……」

この国に存在する島の数は一万四〇〇〇超、うち有人島は四〇〇超だそうだ。

千里は頭を抱えた。他に何か情報はなかったか？　植生はどうだった？　海上を舞う鳥の種類は？　記憶の重箱の隅をつついて情報を引き出さんと試みる。

小一時間ほど悶えたが、何も分からないことだけが分かった。

千里は探偵であっても名探偵ではない。記憶力も知識も人並みでしかない。

メモ帳の無駄な努力の跡をペンで塗りつぶして放り出し、千里はソファの上に突っ伏した。


ピーンポーン。

間延びしたチャイムの音に、千里はゆらりと顔を上げる。

玄関の映像を確認すると、不審な人物が立っていた。

ノーネクタイのスーツ姿でひげ面の男だ。背が高くてカメラに近いため、顔の上半分が見切れている。

……そういえば、自分が誘拐される可能性もゼロではないのか。

千里は居留守を選ぼうとした。だがそれを見透かしたのか、男はポケットから手帳のようなものを出し、カメラの前でひらひらと振って見せた。それは、ドラマでよく見る警察手帳に見えた。

「入江千里さあん？　いるのは分かっているぞー」

千里はチェーンがかかっていることを何度も確認してから、そっとドアを開けた。

＊　＊　＊

「えー、分かってると思いますがね、先日の廃墟地下室の件」

佐藤《さとう》録郎太《ろくろうた》と名乗った男の態度は、すこぶる悪かった。ペンでやや広い額をつつきながらダラダラ喋り、その間視線はほとんど合わない。

「全く、いい大人がねえ。どうして廃墟になんか。不法侵入だよー」

「いえ、許可は」

「生存者がねえ、意識はあるんだけど何も喋らんのよ。言っちゃ悪いが、ありゃあもう廃人ってやつだな」

佐藤は好き勝手に語った。千里の言い分には全く興味がないようだ。

「まあ彼らが見つかったのは怪我の功名ってやつだがねえ。今度は君の連れのバンドマンの行方が知れないようじゃないか」

　蓮見の件を知っているのか。千里は身を乗り出した。

「そう、そうなんです！　蓮見君が急に連絡も取れなくなって、バイト先も……」

「飛んだんだろ、どうせ」

　あまりにも雑な返答に、千里は意味が理解できずに硬直した。

「飛ぶ」という俗語は、千里も知っている。夜逃げのように、誰にも行き先を告げずに消えることだ。都内では、人間関係がおっくうになっただとか、借金を踏み倒すためだとか、そういう理由でふっと消えてしまう者は少なくない。――が。

「蓮見君は、そういう人じゃないですよ」

　定職に就いていないことや見た目で誤解されやすいが、彼は真面目な男なのだ。ギャンブルや酒に溺れることはないし、仕事に対して責任感もある。千里はともかく、バイト先やバンドメンバーに何の断りもなくいなくなったりはしないはずだ。

「バンドマンでフリーターだろー？　そういう若者は面倒臭くなったらすぐ消えるんだよ」

「十把一絡げにしすぎですよ。何も知らないくせに」

「知ってるのかい？　あの兄ちゃんは前科者だよ」

「……は？」

千里はぽかんと目を見開いた。

「ほら、お前さんも何も知らないじゃないか」

佐藤は人の神経を逆撫でするような笑い声を上げた。

「よく知らん前科者とつるんでたのはあれか？　あの男のほうが霊能者……自称霊能者だからか？」

佐藤はご丁寧に〝自称〟を入れて言い直す。

千里は何も答えなかったが、佐藤は知ったふうにへらへら笑った。

「おっさんの経験則を教えてやるよ。そういう虚言癖がある奴はな、いずれ収拾がつかなくなって何もかんも投げ出すんだ。これに懲りたら、普通の女の子……じゃなくて、真っ当な探偵に戻るんだな」

佐藤はそう言って笑い、連絡先の入った名刺を靴箱の上に勝手に置くと、片手を上げて部屋の前から去っていった。

＊　＊　＊

千里は、ふらつきながらリビングに戻った。

ぼすり、とソファに倒れ込む。そしてクッションを抱え、その上にもう一つクッションを挟み、そこに思い切り顔を押し付ける。

「うがあー！」

千里はクッションの中で吠えた。

叫び出したい、だがアパートだから騒げない。そういうとき、千里はクッションに頼る。

「むっかつく……！　何なのあの人⁉　前科者だからって何⁉　警察仕事しろよ！」

千里は頭を振ってクッションに頭突きをする。

「勝手なことばっか言って！　何しに来たんだ何しに！　九割嫌味じゃないか！」

クッションの中でもごもごと叫び散らした千里は、クッションから顔を上げ、肩を上下させて荒い息をつく。少しだけスッキリした。

千里は呼吸を整えながらペットボトルを開けた。腹が立った時は甘いレモンティーを飲むに限る。

ちびちびとレモンティーを啜っていると、千里の煮立った頭も少しずつ冷えてきた。

そして、改めて考える。

……あの人、本当に何しに来たんだ？

冷静に考えても、あの男の言動はおかしい。廃墟地下室の件、と言って扉を開けさせたのに、事件について聴取するわけでもなく、ただひたすら嫌味だけ言って去っていったのだ。いくら考えても、そんな暇人がいるか？　としか言いようがない。

あの嫌味はただの挑発で、本当の目的は別にあったのだろうか？

佐藤との会話の中で、明らかな質問と言えるのは、「蓮見と行動を共にしていたのは、あの男のほうが（自称）霊能者だからか？」という問いかけだけだ。

よく考えれば、これもおかしな言い回しだ。

あの男の「ほう」というのは「千里ではなく蓮見のほうが」という意味合いなのだろう。佐藤はそれを確認しに来た。問い質すというふうでもなく、多分そうだろうと思うが念のため確認、くらいのニュアンスだった。

どういうことなのか。混乱する千里の頭の中に、一つの仮説が浮かんだ。

「もしかして――この誘拐事件、霊能者が狙われてる？」

古今東西攫《さら》われやすいのは子供と女性だが、あの地下室で見つかった被害者はどちらも中高年の男性であり、蓮見も成人男性だ。特殊な目的があっても不思議ではないのではないか？

＊　＊　＊

千里は先ほど放り出したメモ帳を拾い、再びペンを握った。

まず、幽霊屋敷には、侵入者の一部が失踪する、という噂がある。

この失踪を〝侵入者のうち霊能者の素質のある者だけが誘拐されている〟とする。

この場合、幽霊屋敷は霊能者をおびき寄せ、見つけ出すための罠だ。蓮見がそうであるように、霊能者＝心霊現象を活発化させる者だとすれば、本物を判別することは可能であろう。

何のために霊能者を誘拐するか？　それはまだ分からないが、霊能者が特別な存在である以上、何かしら利用価値はあるだろう。

そう考えると、廃墟の地下に被害者がいたのにも一応の説明がつく。犯人は、被害者（＝誘拐された霊能者）を閉じ込めておくことで、あの屋敷で心霊現象を発生させて、幽霊屋敷に仕立て上げたのだ。

そのままそこで死んだ被害者は霊となって屋敷を彷徨《さまよ》う。千里が見た悪夢は、その被害者の霊が見せたものである。

……根拠に欠ける仮説だが、何だか筋が通ってしまった。

千里は夢で得た情報を再び反芻する。犯人は船で被害者を輸送しているため、行き先はおそらく離島であろう。

千里の曖昧な記憶でその島を特定することはできそうにない。だが仮に、複数の霊能者がどこかの離島に運ばれていたとしたら、その島では心霊現象が多発しているのではないか？

千里はPCを立ち上げ、「全国心霊現象データベース」にアクセスした。このサイトでは、雑多な情報を収集するだけに留まらず、都市伝説のパターン分類や元となっているネタの類推など事細かに分析されている。情報源の許可を取っているかはかなり怪しいものの、使い勝手のいいデータベースだ。

現場を離島としている話の中で、作り話である可能性が低いものに絞って検索する。新しいものから順に丁寧に中身を確認する。

調べ始めて三十分ほどで、一つそれらしい情報を発見することができた。

データソースはSNSの書き込みである。要約すると、以下のような内容である。

〈高給に惹かれてとある離島のホテルで働き出したが、日々心霊現象に見舞われている。深夜に窓から手を振る子供の姿が見える、替えたばかりの電球が切れる、片付けておいたはずの物が勝手に移動したりするなどといった現象である。先輩スタッフに相談すると、

「そういうところだから給料が高いのだと思う」と言われた。皆何かしらの心霊現象に遭遇しているようだ。今のところ身の危険を感じたことはないが、不気味なのでがっぽり稼いでさっさと辞めたい〉

書き込みの主は、島の名前やホテル名を伏せていたが、データベースの作成者は関東地方にある「喜島《きしま》」という島ではないかと推測している。会員制のホテルがあるだけの小さな島だそうだ。ホテルの名前は「エリゼ喜島」というらしい。

検索すると、地図上には存在することは確認できたが、ホテルのホームページ等は一切見つけられなかった。

会員数が定員に達していたり、政治家や芸能人の隠れ家だったりするのかもしれないが、正直なところかなり胡散臭い。

千里は島に入る方法を探したが、その島に行くための定期船はなく、ホテルの客と従業員を運ぶチャーター船のみが運航しているようだ。

合法的に中に入るには客か従業員になるしかない。だがどちらも時間がかかりそうだし、手段もまだ思いつかない。

その島に蓮見や二木沙雪がいるという根拠はどこにもないが――。

千里は迷った末に、手帳を開いた。

「お世話になっております。……ええ、沙雪さんの捜索に時間がかかっており申し訳ありません。……重ね重ね申し訳ないのですが——経費が大幅に上がっても構いませんか？……はい、そうです。娘さんを探し出すために、ご協力いただけますね？」

その言葉も、話し方も、まるで脅迫そのものだった。見知らぬ自分の一面に、千里は他人事のように驚く。

けれど迷いはない。蓮見がどうにかなってしまった以上、これは千里自身の事件になったのだから。

千里は霊や霊能者に振り回される人を一人でも減らしたいと思っている。だが、その信念も元を辿れば友のため、そして何もできなかった自分を救うためのものだ。

今度は何だってしよう。後悔しないで済むように。

幕間

いつからだろうか、そんな囁き声が聞こえるようになったのは。

「卵」

「ニラ」

「とっくり」

「かすみ」

その単語の羅列は、不規則な沈黙ののちに続く。

「岬」

「絵描き」

「栗」

「スリッパ」

「食い倒れ人形」

「鹿……ああ、駄目だ！」

嘆く声がして、少し長い沈黙があった。

「じゃあ、また初めから」

そして、また呟きが始まる。

「塩」

「北」

「ゴリラ」

「千葉」

「車」

「………」

3　果敢なる潜入

「ほんっとうに断崖絶壁だ！」

千里は、眼前に迫る迫力ある絶景を前に思わず歓声を上げた。隠密行動に相応しくないその声は、モーター音と波音に掻き消される。

千里は、船舶免許がなくとも操縦できる小型船を中古で購入して喜島への潜入を試みた。船旅は意外と快適だったが、天候の穏やかな日を選んだにも関わらず、船はじわじわと波に流され、想定よりもかなり時間がかかってしまった。無事到着できたことにひとまず安堵し、千里は東側の桟橋を目指した。

喜島は、外周五キロメートルにも満たない島である。千里の印象としては狭い島だが、離島の有人島としては極端に小さな島というわけでもないようだ。

断崖絶壁に囲まれ、船を着けられるような地形ではなかったせいか、二十年ほど前に開発が始まるまでは完全な無人島であったらしい。

現在では東西に船着き場が作られて上陸が容易になったが、あるのは会員制ホテル「エリゼ喜島」のみだ。

会員制ホテルというものは、会員権が高額である分、施設やサービスが良いのが普通だろうが、この不便な小島における上等なサービスというのはいまいち想像できない。

だが、ここに霊能者が複数監禁されているとしたらどうだろうか。きっとホテルでは日々心霊現象が起きることになるだろう。

大西洋に浮かぶ某島国では、幽霊がいるホテルは予約も取れないほどの人気だと聞く。この国の富裕層にその手の趣味人がどれだけいるかは不明だが、他の観光地とは一線を画したサービスの提供が可能になっているのではないだろうか。

そんなふうに仮説を仮説で裏付けて、証拠は何一つ持たないまま千里は島に乗り込んだ。無謀なことも違法なことも承知の上である。行動力と厚かましさだけが千里の自慢だ。

ホテルに近い西側の船着き場は整備されているのだろうが、東側の古びた桟橋には一つの灯りもない。侵入するにはもってこいではあったが、日の沈みつつある岸壁はひどく暗く、朽ちかけた桟橋はギイギイ音を立てて軋み、恐怖心を掻き立てた。幽霊が怖いだとか、生きた人間のほうが恐ろしいだとかいう問題ではない、もっと漠然とした根源的な恐怖だ。

ここまで来てしまえば帰るほうが危険だ。千里は桟橋に小型船を固定し、燃料以外の荷物を背負って島の中に踏み込んだ。

＊　＊　＊

この島は、東西がわずかにつんと尖った、丸っこいレモンのような形をしている。

外周は断崖絶壁に囲われ、その中にあるのはほとんど人の手が入っていない深い森だ。

西側には船着き場があり、そう遠くない場所にホテルがある。航空写真にも写っていた、この島で唯一大きな建造物だ。

一方、東側の桟橋は木造で朽ちかけており、周囲にも目立つ建物はない。

船着き場から伸びる急な坂道を上って森に入れば、雑草に侵食された砂利道がかろうじて視認できた。

日が翳り、周囲の全てが暗い灰色に見えてくる。それでも懐中電灯はまだ点けず、目を凝らして歩く。敵地で隠れて行動している以上、ぎりぎりまで点灯は避けたいところだ。

砂利道を辿り、慎重に歩を進めていると、不意に目の前が開けた。

「え……？」

目の前の地面に、煉瓦のようなブロックが並んでいた。

突如出現した人工物に驚愕し周囲を見回せば、暗すぎて今の今まで気づかなかったが、すぐそばに建造物があった。入り口には三角コーンが立ち並び、色褪せたロープが張ってある。

建物は、二階建ての木造建築だ。ガラスの内側にも植物が侵食している。建物の周囲には工事用の足場らしき残骸があり、藤棚のようにびっしりとツタが這っていた。

剝がされたのか老朽化か、壁紙がある部分と木材が露出している部分がある。

耳を澄ましても人間が活動している気配——足音や呼吸音、あるいは機械の稼働音——は感じられなかった。千里はジャージの袖の中で懐中電灯を点け、漏れた光で注意深く周囲を窺う。すると、建造物の周囲の木々が切り払われ、別の建物があったような形跡が確認できた。

もしかしたら、「エリゼ喜島」はもともと東側に作る予定で、それが何らかの理由で頓挫したのかもしれない。東側に使わない桟橋が残っているのはその名残か。

千里は、ロープを乗り越えて中に踏み込んだ。

家具はほとんどない。窓やドアのそばは土埃がひどく、千里の足跡だけがしっかりと残った。それはつまり、この建物には普段誰も踏み込んでいないということだ。

侵入者である千里にとってはありがたい情報である。千里は建物の奥に入り込んで、破損が比較的少ない部屋に身を滑り込ませる。

土埃の薄い部屋の隅に重たいリュックを降ろし、懐中電灯の横に水の入ったペットボトルを置く。水で光が散乱して、簡易的なランタンの完成である。

閉ざされた部屋と灯りを手にして、千里はようやく人心地ついた。

＊　＊　＊

ココア味の栄養食品を齧って、印刷してきた航空写真を開く。この島の航空写真は画質がかなり荒い。改めて確認しても、今いる建物は見つけられなかった。ここへ向かう道と建物の場所をおおまかに写真に書き込む。

スマートフォンは通信できそうにない。あまり期待せず、高性能のデジカメくらいに思っておいたほうがよさそうだ。

家具のないこの部屋は、だいたい十二畳程度と思われた。建物内には似たようなドアが並んでいて、同じような広さの部屋が複数あった。おそらくここも、宿泊施設のつもりで建てられたのだろう。

西側にある「エリゼ喜島」はもっと規模の大きな建物のはずだ。商売の規模を拡大するために、拠点を西側に移したのかもしれない。

何にせよ、千里の拠点としては都合のいい建物だ。利用させてもらおう。

じっとしていると、徐々に肌寒さが感じられるようになってきた。用意していたアルミブランケットを羽織ってもまだ寒い。使い捨てカイロを引っ張り出して、かじかんだ指先を温める。


蓮見は無事だろうか。

犯人の目的が霊能者を利用することならば命は無事だろうが、率直で保身を考えない蓮見は、敵に媚びを売ったりはしないだろう。余計なことを言って殴られたりしていないといいけれど。

千里は自分の考えに苦笑する。霊能者の身を真面目に心配するなんて、一年前の自分が聞いたら笑ってしまうだろう。

千里の半生において、霊能力者はずっと敵でしかなかったのだから。

中学生の頃の話だ。

当時、千里の親しい友人が、ある男性歌手を熱烈に支持していた。その良さをいくら熱弁されても、千里にはよく分からなかった。けれど、昔から大人しかった彼女が彼の話になると雄弁になるのが可笑《おか》しくて、分からないなりによく話を聞いていたものだった。

その歌手が、ビルから飛び降りて死んだ。

何人かのファンが後を追い、千里の友人もまたひどく落ち込んだ。なんとか学校には通っていたが、体育の授業に出ると倒れてしまうような有り様だった。どちらかといえばぽっちゃり気味だった彼女が痩せ細っていく姿は、痛ましいものだった。

彼女の家族や千里は彼女を日々励ましたが、その言葉は届いているのかいないのか、どうにも効果が見られなかった。

だがある時期を境に、彼女は生気を取り戻し始める。

千里がその理由を聞いても、彼女ははぐらかすばかりだったのだが、風の噂によると、彼女は少し年上の男性と頻繁に会っているらしい。

何だよ、私たちがあんなに言っても元気にならなかったのに、男ができたら変わるんだ。

彼女が元気になったことを喜びつつも、どうにも釈然としない気分が消えず、千里は彼女と少し距離を置くようになった。

そんなある日、彼女の両親から不穏な情報がもたらされる。

彼女が親の財布から金を掠め取ったというのだ。何も説明できなかった。何か知らないかと問われたが、直近の彼女の様子を知らなかった千里は、何も説明できなかった。

彼女は親に咎《とが》められ、それから金を盗むようなことはなくなったそうだ。

そして彼女は、学校の三階から飛び降りた。

腰骨を骨折し重傷を負ったが、命に別条はなかった。

やや回復した彼女は、病室のベッドの上で、ぽつりぽつりと事情を語った。

彼女が会っていた男は霊能者であり、「口寄せ」と称して亡くなった歌手をその身に降ろしていたのだそうだ。

それを依頼するには金がかかるため、つい親の金に手をつけてしまった。親に指摘されて反省した彼女が「もうあまり来れそうにない」と男に伝えると、男は「口寄せを続けないとあの歌手は成仏してしまう」と言い始めた。

それでも金が工面できないと告げると「それなら仕方ない、あの世でまた会おう」と言われたそうだ。

そして彼女は、学校で衝動的に飛び降りてしまった。

そんなのは絶対に詐欺だ。悪質な霊感商法だ。

彼女は大事《おおごと》にしたくないと言ったが、千里はその男のことを許せなかった。高校進学後、自力で男の身元を調べ上げ、同じようなことを何度も繰り返していることまで突き止めて、警察に報告した。

けれど、その男が捕まったという話はついぞ聞いていない。


幽霊を信じてしまう人や、自称霊能者に騙されてしまう人、そういう人々のために何かしたい。その思いから、千里は心霊現象も調査する探偵という仕事を始めた。

身内には散々心配され、呆れられた。件の友人にもだ。そういうのは警察や弁護士、そうでなければ寺や神社の仕事だろう、と。

それは正しい指摘である。けれど、人任せにするのはもう懲り懲りなのだ。

千里よりもずっと優秀で適役の人物がいたとしても、その人が千里が大事にしていることを大事にしてくれるとは限らないのだから。

＊　＊　＊

そう、千里にとって霊能者は嘘吐きか詐欺師、あるいは哀れな狂人でしかなかった。蓮見と出会うあの日までは。

蓮見は件の詐欺師と違って、本物の霊能力者であるらしかった。けれど、千里が彼を信頼しているのは、その力が本物だからではない。

蓮見が、霊を敵視しているからだ。

彼は、生きた人間が霊の行動に影響されることを良しとしていない。あの夜彼が千里を助けたのも、霊にとり憑かれてあたふたしている千里の姿が気に障ったせいだろう。

そしてその点において、蓮見と千里の目指すところは似通っている。

だから、見ている世界が違っても、前科があってもなくても、千里にとって蓮見は最も信頼できる協力者なのだ。

――そうして頼りすぎたことが、今の状況を招いてしまった。

ここで、警察や公的機関の活躍を座して祈るということは、千里にはできそうにない。

正義感や情の厚さとは関係ない。これは衝動だ。呑気に友の危機を見過ごしたかつての自分自身が、立て、動けと千里を急き立て続ける。

4　天国の正体

命がけの航海で疲れ切った千里は、座ったまま朝まで夢も見ずに眠った。

起きると全身がギシギシ痛んだので、国民的体操で身体をほぐす。

歯磨きシートで歯を、ボディシートで肌を、ドライシャンプーで頭皮や髪を拭う。特別潔癖なわけではないが、清潔にしておいて損をすることはない。

かさばる荷物を廃屋に置いて、千里は島の西側を目指して森に入る。本番はここからだ。

かろうじて砂利道がついていたのは例の廃屋までで、その西側には手つかずの森が広がっていた。

樹海のように方向感覚を失いそうな光景だが、それほど広くはないので、海の方向から自分の位置を確認することは難しくなかった。

落ち葉が重なるデコボコの地面は非常に歩きづらく、想定よりも時間がかかったが、やがて森の切れ目と人工物が見えてくる。

千里は草むらに隠れ、腹ばいになって双眼鏡を覗き込んだ。

ホテルの周りはアスファルトで整備されていて、現代社会の匂いが感じられた。車が二台あるが、この島には舗装された道路がほとんどないので、西側の船着き場とこの間を往復するためだけの車だろう。

ホテルの周りにはいくつか設備があるが、施設名の掲示は見つけられなかった。客が入る設備ではないのだろう。

千里が観察していると、ホテルから二人の従業員と思しき人物が出てきて、何らかの荷物をワゴン車に詰め込み、船着き場へと向かった。

それから三十分ほどすると、車が戻ってきた。車をホテル前につけると、従業員は台車に段ボールを二つ載せてホテルに入っていく。物資の搬入のようだ。

さらに十分後、十数人が船着き場から歩いてきた。二十代から五十代ほどの男女だ。服装に統一性はなく、女性二人は何やら雑談をしながら歩いているようだった。

彼らは全員ホテルに入っていった。おそらく本土から通勤してきた従業員だろう。高速船ならば本土からでも数十分で着くはずだ。先ほど搬入されていた物資も、同じ船で運ばれてきたのだろう。

彼らが中に入ると、再び広場は静まり返る。鳥の声がにぎやかだ。

さらに一時間ほど粘ると、一人の客らしき中年男性が、作業着を着た従業員らしき人物と共に車に乗り込み、船着き場へと向かった。こちらは島を出るのだろう。

きわめて閉鎖的ではあるが、多少は人の出入りがあるらしい。

ならばここは、探偵らしい手を使ってみることにしよう。


千里は来た道を引き返して、森の中でビジネスバッグを開く。見た目よりも妙に重いそれには、千里が迷いに迷って厳選した探偵道具が詰め込まれている。

髪にスプレーをして整え、丸めて持ってきていた薄手のパンツスーツに着替える。着ていたジャージは可能な限り小さく丸めてバッグの奥に仕舞っておく。

迷った末にパンプスを履くのは諦め、黒のシューズを拭いてできるだけ綺麗にする。

小さな手鏡をのぞき込み、いつもよりも丁寧に化粧をする。

あとは眼鏡だ。顔を分かりづらくすることができるし、どこで付けていても不自然ではない。

手鏡で自分の姿を確認する。張りぼてだが、それなりに小綺麗になったのではないだろうか。少なくとも、昨日小型船で不法侵入して廃屋で一晩過ごしたようには見えないだろう。

スーツや作業着は探偵の戦闘服だ。「あの人誰だろう。何かの仕事かな？」そう思わせられたら大勝利だ。

それが離島でも通用するかどうかは難しいところだろうが。

怪しまれたくなければ堂々としろ。千里は自分で自分にそう言い聞かせて、ホテル前の広場に靴音高く降り立った。

＊　＊　＊

千里は背筋を伸ばして、ホテル「エリゼ喜島」を正面から見上げる。

この島で一番大きな建物ではあるが、都市部のビルやデパートのように大きいわけでもない。窓の数から見ると三階建てで、東側にある廃屋を一回り大きくした程度の大きさだ。

自動ドアには、金色の飾り文字で『ELYSEE　KISHIMA』と入っている。

キョロキョロ見回したくなるのをぐっとこらえ、正面から中に入る。

招かれざる来客にスタッフが慌てた顔をするが、笑顔で会釈して首を横に振る。それで向こうは何となく都合のいい解釈をしてくれたようで、元の仕事に戻ってくれた。正常性バイアス――都合の悪い情報を無視してしまう心理的傾向――は、このホテルのスタッフも持ち合わせているようだ。

ロビーは華美ではないが、高級感のある造りをしていた。

ロビーの外にはテラスがあり、高齢の男性と若い女性が、広大な海を眺めながらカウチで寛いでいる。

優雅なものだ。千里は旅行先では「せっかく遊びに来たのだから」と力尽きるまで歩き回ってしまうのだが、ゆったり過ごすことのほうが贅沢な遊びなのかもしれない。

一般的な観光地のホテルに比べて、スタッフの数は少ないようだ。だからといって人手不足にも見えない。客もそれほど多くないからだろう。

千里はスマホを確認した。ここもモバイルデータ通信はできなさそうだが、ホテル名の入ったWi-Fiの電波が確認できた。当然ながら、パスワードが設定されているようで、千里には使用できない。

不自然にならない程度に、千里はロビーを端から端まで観察する。まだ新しいホテルのロビーはどこもかしこも整然としていて、幽霊ホテルなどという怪しげな雰囲気は全く感じられなかった。

勘が外れたか？　千里は焦りを隠してロビーの椅子に掛け、難しい顔で手帳を覗き込む。その横を通って、高齢の男性がエレベーターホールへと向かった。

入れ違うように、ベビーカーを押した女性がエレベーターホールから出てくる。三、四十代くらいだろうか。よく見ると、ベビーカーに乗っているのは子供ではなく、熊のぬいぐるみと玩具のガラガラだけのようだ。女性と目が合ったので、千里は軽く会釈をする。そうしてすれ違った数秒後、赤子特有の甘ったるい声と、ガラガラを振る音が聞こえた。

驚きの声を掌で抑え込み、千里は女性を目で追った。

女性は身をかがめて、ベビーカーに向けて優しく声をかけている。

「あらもう、ここのところ随分ご機嫌ねえ」

赤子の笑い声が聞こえる。

千里は、エレベーターホールに再び目を向けた。先ほどテラスにいた高齢男性が、一人でエレベーターに乗り込むところだった。

千里はテラスを確認する。そこには誰もいない。見回しても、他の客の姿はない。先ほどは確実に男女二人の姿があったはずなのに。

千里の背筋にぞわりとしたものが走った。

これが、「エリゼ喜島」のサービスなのか。

幽霊ホテルという想像は間違っていなかった。だがそれは、得体の知れない霊とのスリリングな邂逅を楽しむような、悪趣味な好事家向けのものではない。

ここは、死別した大切な相手と共に過ごすことができるホテルなのだ。

霊は生者、特に霊能者からエネルギーを得て心霊現象を起こす。霊がその姿を常人に見せるというのも心霊現象の一種だ。何人もの霊能者のエネルギーが建物内に満ちていれば、霊は生きた人間と同じように姿を現すことができるわけだ。

千里は歯噛みした。これは、思ったよりもずっとよくできた、そしてずっと悪質なサービスだ。

千里の旧友は、死んだ歌手と言葉を交わすために親の金にまで手を付けた。真面目な彼女が道を踏み外しかけるほどに、死者に会うことへの誘惑は強い。憧れの有名人ではなくもっと身近な相手なら、例えば我が子や配偶者だったら、全財産をなげうってもいいと思う者もいるだろう。

このホテルの会員権がいくらするかは知らないが、相当の金が動いているのは間違いない。離島にホテルを建てたり、霊能者を誘拐するリスクを負ってもおつりがくるくらいに。これは金持ちの道楽ではなく、新種のビジネスなのだ。

大金が動くということは、それだけ敵が強大であるということだ。今更ながら危機感にあおられ、千里はロビーのソファから立ち上がった。

心霊現象が確認できたのだから、霊能者たちはこの建物のどこかにいるはずだ。その証拠を手に入れ、迅速にこの場から引き上げなければならない。

ホテル入り口にある見取り図を睨む。二階から上は客室なので、監禁場所は一階か？それとも見取り図に記載されていない地下室があるのだろうか？

「お客様」

丁寧なようで、妙に威圧的な声音《こわね》だ。千里は心臓が口から飛び出そうな気分だったが、できるだけ平静を装って顔を上げた。

声をかけてきたのは、高価そうなスーツ姿の男だった。

おそらく中年なのだろうが、体格のせいか姿勢のせいか、不自然に若々しく見えた。胸のスタッフバッジには「支配人　阿須賀」と記載されていた。

「申し訳ありませんが、当ホテルは会員制となっておりますので――お客様は『お客様』

ではありませんね？」

その背後には、制服を着た警備員が数人控えている。

――完全にバレた。

視線を巡らせば、ベビーカーを押した女性が不安げにこちらを眺めているのが見えた。

その視線には、怯えと同時に敵意がある。ホテル側に千里の侵入を報告したのは、多分彼女だ。

……もしかしたら彼女は、ホテルが何か犯罪に絡んでいることを察しているのかもしれない。承知の上でホテルを守ろうと決めたのかもしれない。亡き子との時間を守るために。

もちろんこれはただの想像だが、「エリゼ喜島」と敵対するというのはそういうことだ。

千里は言い訳せずに駆け出した。向かうのは出入口とは反対方向、客向けの見取り図に明記されていない区画だ。霊能者が隔離されている場所は、間違っても客が入り込まない場所にあるはずだ。

ぶつかりそうになったスタッフをかわしながら走る。

『全国心霊現象データベース』の書き込みを見る限り、客だけでなくスタッフも犯罪行為を知らないはずだ。一般のスタッフが寄り付かなさそうなところ、厨房からもリネン室からも遠い場所へ。

やがて、千里はひと気のない薄暗い通路に辿り着いた。

ドアの前に部屋の名前の明示がなく、いかにも怪しいが、通路の先は行き止まりで逃げ場がない。——どうする？

迷っている間に、足音が近づいてくる。急いでいるふうにも聞こえない。どうせ逃げられないとたかを括っているのか。

「まさか、霊媒を探しに来たんですか？」

先ほどの支配人、阿須賀だ。言葉尻は敬語でも、人を馬鹿にしたような声音だ。

「それはご苦労様ですが、無駄骨ですよ。不思議なことに、彼らはひと月もすると心のほうが壊れてしまうのでね。息はしていても、元の状態にはまず戻りません」

千里は息を呑んだ。

幽霊屋敷の地下室で保護された男性は、命に別状はなかったものの、廃人状態で何も聴取できない状態だと聞いている。

……蓮見が失踪したのは、ちょうどひと月前だ。

「社会に戻っても人様に迷惑をかけるだけじゃないですか。それならばここで『お客様』のために貢献してもらったほうが、世のため人のためでしょう？」

阿須賀の話しぶりに、千里は怒りよりも恐怖を感じた。全部が全部自分たちのせいなのに、何故他人事のような顔をしていられるのだろう？

阿須賀の指示を受け、警備員が近づいてくる。彼らが急いでいないのは、ここが袋小路だと知っているからか。

ここで、天は千里に味方した。

ガチャリという金属音とほぼ同時に、窓のない金属扉が重そうな音を立てて開いたのだ。

ふらりと顔を出した白衣の女性は、千里と阿須賀たちの姿を交互に見て不思議そうな顔をする。

「何かあったんです？」

千里は呑気に尋ねる女性の腕を掴んで無理やり廊下に引きずり出すと、自分はドアの隙間に滑り込んで素早く内鍵を掛けた。

ドアが何度も強く引かれ轟音を立てる。千里はバッグの中のワイヤーをノブや内鍵や周辺の金具にぐるぐると巻きつけ、金属製の手摺に結び付ける。これで少しは時間が稼げるか。

力ずくで開けるのを諦めたのか、騒がしく揺れていた金属扉が静かになると、千里はその場にへたりこんだ。

その部屋に入るとすぐ五段ほどの階段があり、奥は半地下になっていた。部屋の中にはロッカーとデスクがある。デスクの上にはタブレットと資料が置かれ、そのそばには空になったマグカップが放置されている。先ほど出てきた女性のオフィスなのだろう。

ドアを叩く音がしなくなった今は、冷蔵庫のような微弱な機械音が聞こえる。耳を澄ましても、それ以外の物音は聞こえなかった。

あれほど騒いでいたのに誰も寄ってこないのだから、ひとまずこの部屋は安全地帯なのだろう。追い詰められている事実は変わらないが。

座り込んでいる場合じゃない。頭ではそう思うのに、千里はなかなか立ち上がれなかった。

――不思議なことに、彼らはひと月もすると心のほうが壊れてしまうのでね。

あの阿須賀の言葉が、千里の気力を奪っていた。

蓮見を探し始めてから、最悪の事態――蓮見がすでに殺されているという事態を考えなかったわけではない。可能性として、頭の片隅には置いていた。

けれど、廃人状態の蓮見を目の当たりにする覚悟はできていなかった。

──コトン。

隣室から聞こえたごく小さな物音に、千里は飛び上がるように身構えた。

だが、音は続かなかった。機械か何かの音だったのだろうか？

全身の毛を逆立てた猫のように神経を尖らせていた千里は、いつの間にか自分が立ち上がっていることに気づく。

前向きな状況変化があったわけでもないが、とりあえず立ち上がることができたというだけで、千里はまた動き出せるような気がしてきた。

もうコソコソしても意味はない。千里は、伊達《だて》メガネをポケットに押し込んで、探偵道具の詰まったバッグを担ぎ、奥の部屋へと向かう。

＊　＊　＊

そこは、千里が探し求めていた場所だった。

広い空間に、いくつものベッドが並んでいる。ベッドの上には、あの幽霊屋敷で見た被害者と同じように、布でぐるぐる巻きにされた人間が横たわっている。その数、十五ほど。幽霊屋敷と違うのは、ここのミイラ男たちが管理されているということだ。全員が点滴を打たれており、薬液は満たされている。口には酸素マスクのようなものが付けられ、そこから伸びた管は天井近くで束ねられている。

その天井の情景に、千里は見覚えがあった。見覚えなどというレベルではない、脳に焼き付いた映像だ。

幽霊屋敷で霊に見せられた悪夢、その中で、何年も見上げ続けた光景だった。

間違いない。幽霊屋敷で死んだ者たちは、かつてこの部屋に囚われていた。

ぶり返した不安にゴトゴト鳴る心臓を掌で押さえて、深呼吸をする。消毒用アルコールの臭いなのか、病人の臭いなのか、病院のような臭いがした。

千里はＳＦ映画を連想した。宇宙船に乗っている者たちが冷凍睡眠《コールドスリープ》の状態で別の星へと向かう、そんなイメージだ。幽霊屋敷とも、地上の小綺麗なホテルとも似つかわしくない異様な光景である。

この中に、蓮見もいるのだろうか。

「……？」

くん、と服の裾が引っかかったような感覚があった。

千里は見下ろすが、引っかかりそうな鉤などは何もなかった。

……心霊現象だ。

けれど、今まさに生きた人間の脅威に晒されているせいだろうか、不思議と怯える気にはならなかった。

それに、この気配を、千里は知っている気がした。

もう一度服を引っ張られた。何かを急《せ》かすように。

千里は引かれたほうに向かって歩いた。それでいい、というように引っ張られる感触は消える。立ち止まると、また引っ張られる。

やがて、裾が真下に引っ張られた。どうやら目的地のようだ。そこには、ベッドに横たわる一体のミイラ男がいる。

千里は、予感を持ってその布に触れた。布は普通の包帯とは違い、意外と硬い。バッグから鋏を引っ張り出して切る。一か所が切れると、解けるように剥がれていく。

そこから、緑色を帯びた金髪が見えた。

「……………!」

布をどんどん剥がす。やややつれた顔が露わになる。

意外とまつ毛の長い瞼が、うっすらと開いた。

その目は、ぱちぱちと瞬いてこちらを捉えた。そして、顎を動かして何かを訴える。マスクを外してほしいようだ。

千里は、口に当てられていたプラスチックのマスクを外す。口の中にマウスピースのような物が噛まされており、口枷でもあったようだ。解放された蓮見は苦し気に幾度か咳をして――。

「……何、してんだ、こんなとこで……」

いつもの蓮見だった。

声がしゃがれてかなり喋りにくそうではあるが、意識が朦朧としているわけでも、悄然《しょうぜん》としているわけでもない。目の焦点もしっかり合っている。千里がよく知る蓮見のままだった。

「何だよ正気じゃん……！」

安堵のあまり涙が出そうになって、千里は誤魔化すように顔を強く擦った。丁寧に作った化粧が剥がれてスーツの袖が白く汚れる。

「正気だったら悪いのかよ。……これ剥がしてくれ」

蓮見は鬱陶しそうに身体を固定する布を指した。

「あ、そうだよね」

千里は鋏と手で布を剥がす。手が自由になると、蓮見は苛立たし気にばりばり頭を掻いた。

「君、霊能力で鍵とか開けられるのに、何で大人しく捕まってたの？」

「そんな便利なもんじゃねえし……。この布が、妨害してたような気がする」

千里は剥がしながら布を観察する。オカルト的な呪文や紋様が書かれていたりはしないようだが、ただの包帯でもなければガムテープでもない。布と紙の間のような感触で、何らかの液体を染み込ませてから乾かした布、といった感じだろうか。

布の下には服を着ていないようで、痩せた上半身が露わになる。

「あっ」

下半身には、成人用のおむつが着けられていた。

「………」

蓮見が頭痛でもするように額を押さえた。

千里は周囲を見回したが、都合のいい衣服は見当たらなかった。

「……えっと、ジャージあるよ。私のだけど。着る？」

「着る……」

蓮見が力なく差し出した手に、千里は丸めたままのジャージの上下を渡した。

蓮見はライブハウスのバイト帰りに拉致されたそうだ。移動中に何度も薬を打たれたらしく、ここに来るまでの記憶は曖昧で、今いる場所が離島であることにも気づいていなかったようだ。千里がそのことを伝えると、「それで何で来れるんだよ」と若干引かれた。釈然としない。

ここに運ばれてからは、寝返りも打てない、何も見えない、口も利けないという状況がずっと続いていたようだ。時折人の気配があって腕や首などに触れたらしい。点滴を変えたり、健康状態のチェックをしたりしていたと思われる。

うがいで喉を湿らせた蓮見は、周囲に並んだベッドを見回して言う。

「これが全員霊能者だって？」

「多分ね」

そしておそらくこの中には、捜索依頼の出されていた二木沙雪がいるのだろう。彼女のことも救出しなければいけないわけだが――。

千里は蓮見の足を見る。長さの足りないジャージから見える足は、元から細かったのが更に衰えて鶏ガラのようだ。ひと月前に拉致された蓮見がこの状態なら、二木沙雪はもっと弱っているだろう。走るどころか歩くこともままならないのではないだろうか。

それならば、無理に逃げ出すよりは、ここにいたほうが安全なのではないか。それに、助けが必要なのは彼女だけではなく、ここの全員だ。

「何とか、警察を呼ぶしかないね」

告発する材料になればと、千里は何枚も写真を撮った。

病室のようなこの部屋には、点滴用の薬液のパックが大量にある。それ以外にも薬品類が多く、確保した霊能者たちに医療的なケアを行っているのだろうことが想像できた。先ほどこの部屋から引きずり出した女性が医療関係者だったのかもしれない。

入り口そばにサンダルが二足あったので、裸足の蓮見にはそれを履いてもらう。

ノートパソコンの画面には、パスワードらしきものが書き込まれた付箋が貼られている。悪党のアジトも杜撰なものだ。

証拠は揃った。蓮見も見つけた。あとは、入り口がこじ開けられる前に外に抜け出せれば理想的だ。

一通り見て回ったが、勝手口や窓は見当たらない。スパイ映画ではないが、通気口などを探すしかないか。

天井を見回すと、一か所金属の蓋が被せられた部分があった。通気口かもしれない。

金属の蓋はネジで固定されているようだ。千里のバッグには工具も入っているので、接着されていなければ開けられるだろう。

「蓮見君、あそこ確認できる？」

少々身長が足りない千里に代わり、蓮見が誰かのベッドを動かしてその上に登った。ベッドの上にはミイラ男状態の人が眠っている。その上にばらばらと埃が落ちて、千里は申し訳なさに心の中で何度も頭を下げた。

「開いたけど」

蓋の中には、複数のダクトと、電気系の線がびっしり通っていた。

「人は通れなさそうだな」

「……そっか」

千里は落胆する。

あとは何ができるか。ホテルを混乱させるために電気系統を切ってしまおうか？……いや、ここで眠る被害者たちの命に係わるかもしれないし、迂闊《うかつ》には手を出せない。

あとできることといえば、バッグの中の催涙スプレーを使って正面突破するくらいだが……。

蓮見は、まだ背伸びして天井を見上げていた。

「……何か書いてあるな。ＥＣＴ……エクト……プラスム？」

「え？」

千里は天井を見上げた。確かに、うねりのある管に『Ectoplasm』と手書きで書かれている。

「エクトプラズム……！」

千里はミイラ男にさせられた被害者たちを改めて観察した。彼らは例外なく口にマスクが着けられ、その管は束ねられ、天井に伸びている。

病室のような部屋だったこともあって、彼らのマスクは酸素か麻酔を吸わせるためのものだと千里は思い込んでいた。だが、逆に呼気を集めるためのものだったとすれば……。

「そっか、そういうことだったんだ」

「エクトプラズムって何だ？」

蓮見が不思議そうに言うので、千里は躓きそうになった。何故霊能者である君が知らないのか。

「……もともとは、霊能者が霊能力を使うときに口や鼻から出す物質？　みたいなやつだったはず」

エクトプラズムは、心霊ブームにおいて霊能力を説明しようとした仮説の一つである。

千里は正直眉唾だと思っているし、当時の仮説がそのまま正しいわけでもないのだろう。けれど、霊能力者が何らかの物質を身体から放出しているという仮説を採用すれば、このホテルの状況も、蓮見の経験則も矛盾なく説明できる。

「君は言ってたよね。霊は単体では心霊現象を起こせない、生きた人間からエネルギーを盗るって。そのエネルギーの燃料となる物質のことを、彼らはエクトプラズムと呼んでるんだと思う」

霊能者には、他の人間よりもエクトプラズムを多く持っていたり、多く放出する性質があるのだろう。それで霊能者の周囲で心霊現象が活発化するわけだ。

このホテルに捕らえられた霊能者たちは、エクトプラズムの生産装置だ。エクトプラズムはおそらく気体のような性状であり、呼気に含まれている。鼻と口を覆うマスクを通じて収集されたエクトプラズムは、管を通って上階に送られる。それによってホテルの客たちが死者の霊と出会うことができる、という仕組みだ。

「……つまり、この管の中には、こいつらから吸い上げた大量の心霊現象ガスが通ってるってことか？」

「そう思うけど」

千里がそう言うと、蓮見がにたりと邪悪な笑みを浮かべた。そして手に握っていたドライバーを振り上げ、エクトプラズム管に突き刺す。

「えっ⁉」

蓮見は続けていくつか穴をあける。よほどストレスが溜まっていたのか、ドライバーを振り回す蓮見はやけに楽しそうだ。

「一体何をして――」

変化は速かった。

周囲の温度が二度くらい下がったような感覚があった。

千里は、この感覚を知っている。それは大概、本当の心霊現象に遭遇する予兆だった。


「あははは！」

甲高い笑い声に、千里は顔を強張らせて振り返った。

そこには、子供が一人立っていた。
七、八歳くらいの少年だ。短い眉と、意志の強そうな瞳が印象的である。
「すごいね！　すごいすごい！」

手を叩いてははしゃぐ子供を呆然と見つめていると、ベッドから降りてきた蓮見が千里にドライバーを渡す。

「見えてるのか？」

ソレ、と蓮見は顎で子供を指す。

「え、うん……」

やはり霊なのか。上階に送られるべきエクトプラズムが漏れたことで、千里の目にも映るようになったのだろう。

よく見ると、足元に影がなかったり、微かに向こうの景色が透けて見えたり、などという違和感はある。けれど、血まみれだったり、首が反対側を向いたりはしていない、普通の愛らしい子供だ。

「えっと……どちら様？」

千里が呟くと、子供はびしりと片手を真上に突き上げた。

「ノゾです！」

蓮見が舌打ちをした。

「蓮見《はすみ》望《のぞむ》。……弟の霊だ」

間違いない。この部屋に入ってきたときに千里を蓮見のベッドまで導いたのはこの少年だ。

幽霊屋敷でドアを開けたのも、ライブハウスでライトをチカチカさせているのもきっと――。


隣室で一際大きな轟音が響いた。

重い物を動かすような物音が続く。千里が閉じていたドアが壊されてしまったのだろう。すぐに複数の足音や話し声が近づいてくる。

蓮見は、この部屋の入口のドアを指さした。すりガラスの向こうに追手の影が見える。

「ノゾ、あの扉から入ってくるのは悪い奴だ」

弟に合わせてか、蓮見は子供のような話し方をした。

「俺を誘拐した犯罪者だ。追い払ってくれ。……できるか?」

「頑張る!」

蓮見望は、きらきらと大きな目を輝かせた。

「今なら、何でもできる気がするよ!」

十五人の霊能者のエクトプラズムを一身に纏った子供が笑った。その一点の曇りもない笑顔に、千里はかすかに恐怖を覚える。

ドアが開いた。

「えい！」

子供らしい気の抜けた声がしたかと思うと、警備員姿の男たちが冗談のように壁まで吹っ飛んだ。子供に投げられた玩具のように、あるいはポルターガイストで吹っ飛ぶ皿のように。

部屋の灯りがチカチカと激しく明滅する。蓮見に促されて、千里はドアに向かって走った。うわあ、ぎゃあ、という絵にかいたような悲鳴の間を抜け、壊れた金属扉まで一気に走る。

枠だけになった扉を潜り抜けるときに室内を一瞥《いちべつ》すると、壁際で座り込む阿須賀がいた。その口元は微かに綻《ほころ》び、笑みを浮かべているようにも見えた。

千里が次に足を止めたとき、蓮見望の姿はどこにもなかった。

5　反攻と脱出

ホテル「エリゼ喜島」から逃げ出した二人は、島の原生林に身を潜めた。

喜島は、半分ほどを手つかずの森が占めている。潜伏しやすい地形ではあるが、けっして広くはない。追い回されたらすぐ捕まってしまうだろう。千里の危惧をよそに、追手はなかなか森には入ってこなかった。

その代わり、彼らは海に出た。そして——。

「ああ……取られちゃった」

双眼鏡の視野の中で、東の桟橋に繋いでいた千里の小型船が曳航されていく。

船がなければどう足掻いても島からは出られない。彼らはこちらの逃げ道を塞いでから、ゆっくり身柄を確保する気でいるようだ。

もし捕まってしまったら？……霊能者である蓮見は、簡単に命を奪われたりはしないだろうが、それでも無事でいられるかは分からない。ましてや、何の利用価値もない千里のほうは。

「何が？」

「下らねえな」

拘禁期間に伸びたヒゲを剃った蓮見が、行儀悪く剃刀にふっと息を吹きかけた。

「あのホテルの連中だよ。エルゼ？」

「エリゼ喜島」

「ああ、それだ。しょうもない連中だよ。客もホテルも」

蓮見は鼻を鳴らして嗤った。

千里は眉を顰める。誘拐犯であるホテルはともかく、客にかけるには厳しい言葉ではないか。

「私は、死んだ人に会いたいって気持ちは分かるよ。……自力で霊と会える君には分からないかもしれないけどね」

千里はまだ大切な人を亡くしたことはない。けれど、想像することくらいはできる。

「霊は霊だろ。人間とは違う」

「それは分かるけど」

「分かってねえな。完全に別物なんだよ」

蓮見はそばにある若木を睨む。……そこに蓮見望がいるのだろうか？　千里は目を細くしたり見開いたりしたが、影すら見えなかった。

「怨霊はいつまでも怨霊だ。改心したり救われたりはしない。それと同じように、そいつは何があっても俺に懐くんだ。俺がどんなに口汚く罵っても、消えろと喚《わめ》いてもな」

懐かれるのにどんな問題が？　あの可愛らしい子供を罵ったりしたのか？　何故？

いくつもの疑問符が浮かんだが、問い詰める気にはなれなかった。今の蓮見は、見たこともない暗い顔をしていたから。

「あれは、宗教で言う魂みたいなやつとは別物なんだよ。人間に挙動が似ているから始末が悪い」

蓮見はそう吐き捨てた。

「それは……霊は、死者そのものではない、ということ？」

「あれはあくまで生きた人間の残りカスだ。人間としては死んだ瞬間に終わってる。……そうだな、ＡＩチャットアプリみたいなもんだよ」

蓮見はいつになく饒舌《じょうぜつ》だった。

「だから、その言葉に一喜一憂したり、莫大な金を使うなんて……くだらねえ話だ」

　霊とまともに言葉も交わせない千里には、蓮見の言葉が事実であるかどうかを確かめる術《すべ》はない。

　それに、彼らがいわゆる〝死者の霊魂〟ではなかったとしても、大枚をはたいて会う価値はある、と千里は思う。亡くなった家族の写真や動画を繰り返し見て心の痛みを和らげる、そういう行為を、千里は無駄だとは思わない。

　けれど、蓮見に視えざる者の気持ちが理解できないように、千里には視える者の気持ちは分からない。一途に兄を慕う可愛らしい弟を、たった今窮地から助け出してくれた弟を憎む理由がどこにあるのか。

「どうする？　もう暗くなるぞ」

　蓮見に問われ、千里は周囲を見回した。少し日が傾いただけなのに、森はすでに夕暮れのような暗さだ。

「できることはやったよ。あとは、できるだけ時間を稼ぎたいけど……」

　千里は霊能者たちの監禁部屋からノートパソコンをくすねていた。パスワードが添付されていたものだ。ギリギリ、ホテルのWi-Fiが使える場所を潜伏地点として、得られた証拠を外に発信することができた。

とはいえ、呑気に返信を待つ余裕はない。助けが来る保証もなく、来るにしても場所が場所だけに、最速でも一日か二日はかかるのではないだろうか。

この狭い島で、あと何ができるものか。

考え込んでいる間にも、西側の桟橋に新たな船が近づいていく。

救援だったらありがたいが、それは流石に希望的観測が過ぎる。ホテル側の増援だと思ったほうがいいだろう。

追手多数で終了時刻不明のかくれんぼは、難易度が高すぎる。

また蓮見望に頼って危機回避ができればいいのだが、あれは十五人分のエクトプラズムが凝縮されたあの場所だからこそ可能な離れ業だろう、というのは千里にも想像がつく。

千里の経験上、物理現象を伴う心霊現象はレアケースだ。悪夢や幻覚のほうがずっと起こりやすい。つまり、幻覚の類のほうがエクトプラズムの面で低コストの心霊現象ということなのではないだろうか。

「君の弟、精神攻撃とかできたりしない？　私が幽霊屋敷で食らったみたいな」

「怨霊じゃないから無理だ」

「……どういうこと？」

「恨みつらみがないから祟れない。霊が人に見せるのは基本生前の記憶だから」

「ああ、つらい記憶があまりないんだ」

千里が幽霊屋敷で見せられた悪夢は、拉致監禁されたまま死亡した被害者の体験を追体験するようなものであり、千里はいたく混乱した。一方で、純真な幼子の生涯を夢で追体験しても、メンタルに深刻なダメージがあるとは想像しにくい。苦しんで死んだ者が悪霊になるというのはそういう理由だったのか。

千里が見た悪夢が彼らの記憶であるのなら、彼らは、離島から本土に戻されてもなお自由は与えられず、そのまま死んでしまったのだろう。しかも蓮見の弁によれば、彼らは死んだ後も幽霊屋敷の地下室からは出られないまま、十人近くも――。

「……………?」

監禁被害者を船で往復させた？　何故そんな無駄なことを？

「この印は？」

蓮見はこの島の航空写真を見ていた。蓮見が指さしているのは、千里がペンで書き込んだ部分、昨晩千里が一夜を明かした廃屋だ。

「放置されてる廃屋だよ。私の持ち込んだ食糧とかも置いてあるし、行けるものなら行きたいけど……」

あの廃屋はおそらく、ホテル「エリゼ喜島」の前身だ。関係者は廃屋の存在を把握しているだろうから、真っ先に踏み込んでくるかもしれない。あの周辺は森も切り拓かれているので、ただ隠れるなら原生林のほうがマシな気もする。

「開発がポシャッたのか？　いい気味だ」

蓮見が無駄に毒を吐き、千里は心の中で同意する。その時点で計画を諦めてくれればどれほど霊能者の被害が抑えられたか。

「事業の失敗……」

そういえば、彼らはどんな失敗をしたのだろう？

いくら土地が余っているとしても、開発した区画を丸ごと放棄して新たに土地を拓きホテルを建築するというのはかなりの大仕事だ。この島の場合、船着き場から木々の伐採から何もかもやり直しになったはずだ。

霊能者を幽霊屋敷に移送した件と同じだ。ここにも大いなる無駄がある。

人は時に無駄な行動をするものだが、ビジネスパーソンは無駄を避けるものである。きっとあったはずだ。そうせざるを得なかった明確な理由が。

「……蓮見君、君の意見を聞きたいんだけど」

改まって尋ねると、蓮見が訝《いぶか》しげに頷く。

「君はホテルの地下室に捕まっていたね。あんなふうに拘束されていたら、いくら点滴で栄養を入れててもいつか衰弱して死ぬよね」

「だろうな」

医療系のスタッフがいたとしても限界はある。五年も十年も生きていられる気はしない。

「そのまま死んだら、霊はどうなると思う？」

霊は、物や人や場所に憑くものらしい。この場合は？

「あの監禁部屋に立派な怨霊が生まれるだろうな」

「そうだよね。エクトプラズムが濃い――心霊現象が起きやすいホテルにそんな怨霊がいるのは、すごく困るよね」

だが、実際のところあの監禁部屋に霊はいない。蓮見がエクトプラズム管を壊したときに姿を現したのは蓮見望だけだった。十中八九、あの地下室で霊能者は死んでいない。

蓮見が息を呑んだ。

「――そうか。だから『幽霊屋敷』が要るのか」

同じ結論に辿り着いたようだ。千里は頷く。

彼らは「エリゼ喜島」と「幽霊屋敷」という二つの監禁場所を、明確な意図をもって使い分けている。

彼らは「エリゼ喜島」の地下に拘禁している霊能者のうち、弱ってきた者を本土の「幽霊屋敷」の地下に運び込み、そこで死ぬまで監禁していると考えられる。その第一の目的は、監禁被害者の霊を「エリゼ喜島」に居着かせないことだ。その甲斐あって、「幽霊屋敷」が怨霊まみれになる一方で、「エリゼ喜島」は余計な霊がいない状態に保たれている。

よく気が回ることだ。だが、そこまで手の込んだ仕組みを最初から運用できたかどうかは疑問が残る。

システムというものは失敗を経ることで洗練されるものだ。ましてや、霊という謎めいた存在を扱う新規ビジネスであれば、初めから上手くいったということのほうが考えにくい。

そう考えると、彼らの犯した致命的な事業の失敗とは?

「……行ってみよう。どうせ他に行くあてもない」

山狩りが始まったのは、深夜零時を回った頃であった。ホテルの客に配慮してのことらしい。

こちらの寝不足にも少しは配慮してほしいところだが、ホテルの客は大枚をはたいて宿泊している金持ちばかりなのだから致し方ない。いくらでも代わりの利くチンピラよりも大金を落とす上客のほうが価値が高いのは当然のことだ。

細田《ほそだ》は、欠伸《あくび》を噛み殺して投光器を持ち、似合わない警備員姿で森に踏み込んだ。こんなことなら一番汚い靴を履いてくるべきだったな、と後悔するも後の祭りだ。

細田が離島側の仕事に駆り出されたのは初めてだった。高級ホテルの仕事なら美味《うま》い飯に一度くらいはありつけるかとも思ったが、配給されたのは菓子パン二つだけだった。

探すべき標的は二人。そのうち一人、薄汚れた緑色の髪の男を、細田は知っていた。

本土でその男を拉致したのは細田だったからだ。バイトの大学生が頭突きされてキレたり、道中で車のライトが点滅したりバッテリーが上がったりとトラブルが続いたからよく覚えている。

キレた大学生は、拉致対象である男を殴って、それを理由に報酬を大幅に減額された。代わりの利く使い走りよりも、盗み出すお宝のほうが価値が高いのは当然のことである。

雇い主からは、その若い男のことは絶対に逃がすな、怪我もさせるなと厳命されている。かのお宝は本格的に価値があるものだったらしい。

羨ましくはない。価値がないものはすぐに使い潰され、価値があるものは長く搾り取られる。それだけの違いだ。

数時間後、いい加減苛つき始めた似非《えせ》警備員五人は、誰からともなく木造の廃屋の前に集結していた。

その建物については、雇い主からの注釈があった。危険だから近寄らないほうがいい、とのことだ。荒事を行うチンピラに出すものとしては珍妙な指示である。

「やっぱここだよな」

「でも、できれば入るなって言ってたよな?」

男たちはぼそぼそと呟き周囲の顔色を窺う。ここに来ているのは細田と同じベテランの小悪党ばかりだ。慣れているが故に、本格的な裏稼業の連中がいかに理不尽で危険かということを知っている。雇い主の機嫌を損ねるのは悪手だ。

「でもあいつら捕まえないことには――」

誰かがそう言いかけたとき、パァン! と鋭い音がして、すぐそばの窓ガラスがびりびりと震えた。

反射的に頭を庇った者もいたが、ガラスは割れなかった。すすけたガラスの向こうで、何かが動いたように見えた。

「やっぱりここじゃねえか！」

一人がそう言ったのを皮切りに、警備員もどきはゾロゾロと中に踏み込んだ。

細田も迷いつつ流れに乗った。危険は避けたいが、他の連中には後れを取りたくない。

彼らはチンピラの寄せ集めであり、連携や仲間意識は持ち合わせていなかった。大事なのは、いかに大損をせずに得をするかということだけだ。


玄関を抜けると、開けた空間があった。

功を焦って全員が投光器を振り回す。舞い上がる埃がキラキラ光り、顔を照らされた者が怒声を上げて、現場は混沌としていた。

先ほど音を立てたガラスの周囲には、人の姿はない。だからこうしててんでやたらに照らしているのだ。

カコン、と耳慣れない足音がした。下駄のような音だ。

ほぼ真上で、細田が見上げても何も見えなかった。けれど吹き抜けの二階に誰かいる。

掠れて低く、その癖妙に通る声が、ダンスクラブのように光が乱舞するホールに反響した。

「幽霊屋敷にようこそ。楽しんでいってくれ」

ふざけた台詞だった。幽霊屋敷、とは？　確かにここは、そう呼んでもいい荒れ具合だが。

「鬼ごっこのつもりか？　アァ！」

一人が怒鳴り、もう一人が駆け出した。男のほうを傷つけて報酬が減らされてはたまったものではない。細田は血気盛んな仲間を諌めるべく息を吸った。

そのとき、全員の灯りがほぼ同時に消えた。

べとりと重い真の闇の中で、たやすく仲間の位置を見失う。

「うあああああっ！」

どこかから叫び声が聞こえる。思ったよりも遠くからだ。

「どうした？　どこにいる？」

自分の声が頭の中に反響する。どおーしたあ？　どぅおこにいるぅー？

「おい！　一人くらい返事をしろ！」

細田は不気味な反響を掻き消すように声を張り上げた。上ろうとした階段が横滑りした気がして、細田は仰向けにひっくり返る。

背中や肩を打った衝撃が走ったその瞬間、テレビのチャンネルを切り替えたように目の前の景色が一変した。

人工的な眩しさに目が眩む。

目の前を流れる天井と蛍光灯、背中に感じる振動と音。ストレッチャーに乗せられてどこかに運ばれているようだ。

倒れて気を失ったのだろうか？　そして治療のために運ばれている？

そう思ったが、何故か一片の安心感もなかった。起き上がろうとしても、身体全体が痺れたように何も動かない。

「おい、降ろせ！」

細田は不安のまま怒鳴る。すると誰か、女性らしき影が男の顔を見下ろした。

「まだ口を利きますよ」

「口枷を噛ませておくといいですよ」

そう言ったのは、雇い主の声だ。

「点滴に麻酔を入れたほうがいいのでは？」

「医薬品の大量購入は高リスクです。それに、意識は残しておいたほうが都合がいい」

「降ろせ！　放せよ！」

いくら騒いでも、彼らは細田を一瞥もしない。

「どうしてです？」

「心を壊すためですよ。コスト削減にもなって一石二鳥だと思いませんか」

「なるほど。麻酔事故も防げて三鳥ですね」

口の中に何か異物が捻じ込まれる。声が出せない。

「……………！」

細田は吠えたが、くぐもった音がわずかに漏れただけだった。

＊　＊　＊

深夜の幽霊屋敷——宿泊施設跡地では、あちこちから悲鳴が上がっていた。

頭上にあるライトの残骸が突然甲高い音を立てて砕ける。千里は念のためにヘルメットの位置を直した。

「これはまた、すごいことに……」

「想像以上だな」

心霊現象に慣れているはずの蓮見でさえ、やや呆然とした様子だった。

「長年かけて培養された立派な怨霊だ。……奴らが撤退するのもやむなしだったろうな」

「エリゼ喜島」が開発した土地を放棄せねばならなかった決定的な理由は、拉致監禁された霊能者たちが怨霊と化したことだろう。「幽霊屋敷」による怨霊回避システムは、この失敗を経てのことだったのだ。

怨霊のいる建物を壊そうとすると事故が続発するというのはよく聞く話だ。彼らは怨霊の根城と化したこの建物を取り壊すことすらできなかったのだろう。

だが、霊は憑く対象がある状態ではなかなか消滅しない。特にこのようなひと気のない、蓮見曰く流れのない場所では、霊の自然消滅は期待できない。

昨夜、千里が一人でやってきたときには、心霊現象の気配など全くなかった。

けれどここには、霊能力者――大量のエクトプラズムを垂れ流している蓮見がいる。そして追手は、霊能者たちの監禁に携わった怨敵である。霊が騒がないわけがない。

多少は時間稼ぎになれば。そう思って宿泊施設跡地に乗り込んだわけだが、効果は想定を遥かに超えて覿面《てきめん》だったようだ。

「下手に動くなよ。あんたみたいなのはすぐ捕まるから」

蓮見の警告に、千里はこくこく頷いた。餅は餅屋、幽霊屋敷は霊能者だ。

「蓮見君は大丈夫なの？」

「寝落ちしなければ」

眠り落ちてしまえば、蓮見自身も悪夢や幻覚に取り込まれる可能性があるらしい。よくこんな場所で一夜を過ごしたものだと、千里は今更ながらぞっとする。

重い物が倒れたような音がする。「やめろ、やめろおおお！」と悲鳴が響く。

二人は目を見合わせて、被害に巻き込まれないよう物陰に身をかがめた。

夜が更ける。少しずつ建物内が静かになっていく。

＊　＊　＊

「これは……一体何が……？」

建物に静寂が戻った頃、一階から声が聞こえた。

こわごわ顔を出せば、一階のホールに男のシルエットがあった。

おそらく支配人の阿須賀だ。投光器でも置いてあるのか、後光のように光っている。

「何であいつ平気なの……？　敵のボスみたいな奴なのに！」

一番に怨霊に襲われるべきだろうに、阿須賀は平然としていた。倒れた男たちの様子を不可解そうに見回す。

「稀にいるんだよ。怨霊が近寄りたがらないような奴が」

「それは……ちょっとズルじゃない？」

「大抵クソ野郎だ」

……それはあまり羨ましくない。

「とりあえず、俺が気を引く」

危険な相手ではあるが、蓮見のほうがリスクが低いのは間違いない。千里は頷いて、足音を殺してその場を離れた。


蓮見は、わざと足音を立てて、ゆっくりと階段の踊り場まで降りた。

「そいつらは、お化けが怖くて仕事できないってよ」

蓮見の姿に、阿須賀は目を見開いた。

「そうか。君は……君一人のエクトプラズムで、これほどの……」

阿須賀は、ぶつぶつ呟いてしばし熟考し、顔を上げて嘘くさい営業スマイルを作った。

「どうです、僕と契約しませんか？」

「……契約？」

「君には、その特異体質でもってホテルの運営とエクトプラズムの応用研究に協力してもらいます。僕らから出すのはもちろん金銭ですね。君ほどの霊媒が協力してくれるのであれば、他の霊媒たちは少しずつ解放していっても構いません」

とんでもない掌返しだ。蓮見は顔をしかめて吐き捨てた。

「緊縛はもう御免だ」

「そんなことはしませんよ。具体的に言えば、決められた時間建物内に滞在してくれればいいんです。漫画を読むなり、ゲームをするなり、好きに過ごしてください。いい仕事でしょう？」

言われてみれば、霊能者は生きているだけでエクトプラズムを発するのだろうから、縛り上げて監禁するよりも、金をちらつかせて軟禁生活をさせるほうが理にかなっている。霊能者の心身の健康も維持できるし、法的な問題を回避し警察を恐れずともよくなる。何故最初からそうしなかったのだろう？

阿須賀は高らかに説得を続ける。

「この件を告発して君は何か得をしますか？　しないでしょう。天国に縋《すが》る人々は心の支えを失い、君もビジネスチャンスを失うことになります。Win-Win ならぬ Lose-Lose な選択でしょう」

短い沈黙の後、蓮見は鼻で笑った。

「俺は、クソ野郎を得させるのは大嫌いなんだよな」

身も蓋もない答えだ。悪党が得する機会を奪うことは道義的に正しそうに思えるが、蓮見のことだから、きっと言葉通りの意味なのだろう。

チッと大きな舌打ちの音がした。

「……あああ、そうだった。君たちはいつもそうだ！　いつも！　僕は優れた者に相応しい場所を与えたいだけなのに！」

阿須賀は、先ほどまでの慇懃無礼な態度とは打って変わって声を荒らげた。

「この時代じゃ、霊媒はまるで狂人扱いだ。君たちには窮屈な時代だろう⁉　なのに、君たちは僕の誘いにけっして首を縦に振ることはない。何故だ！」

蓮見の態度が何らかの地雷を踏み抜いた、そうとしか思えない豹変ぶりだった。

「それはあんたが悪党だからだろ」

悲痛さすら感じられた阿須賀の問いを、蓮見は一言で切り捨てた。

「霊能者は、善良じゃないと生きていけないんだよ。切実にな」

ぽかんと口を開けた阿須賀の横面を――背後から回り込んだ千里が、三角コーンで思い切り殴りつけた。
完全に虚をつかれたのか、阿須賀は面白いほどに吹っ飛んだ。
その胸元から、重たそうなものが転げ落ちる。黒光りするそれは、拳銃だ。
阿須賀は拳銃を拾おうとした。だがそれは、阿須賀の指先からするりと逃げ、からから
と床を転がっていった。そして不自然な挙動で蓮見の足元へと向かう。
「ノゾ、それは玩具じゃないぞ」
蓮見が苦笑する。あはは、と子供の笑う声がした。
立ち尽くす阿須賀に、千里はもう一度三角コーンを振り上げた。

「……殺してないよな?」

蓮見は完全に伸びた阿須賀に近づき、脈を取り呼吸を確認する。

「……君にしては優しいじゃないか」

容赦なく殴りつけたことを非難されている気になって、千里は口を尖らす。

「さっき言っただろ。霊能者は善良じゃないと生きていけないんだよ」

「聞いてたけど……あれってどういう意味だったの?」

「人なんて殺そうものなら、その怨霊が自分について回るだろ」

「ああ……」

　思ったよりも単純な理由だった。

　霊能者には霊の姿が見え、いるだけで霊に力を与える。そしてどうやら、除霊したりはできないらしい。殺した相手に日々つきまとわれて怨念をぶつけられるのは、確かに命に係わる問題だろう。

「でも、悪事って殺人だけじゃないよね？」

「殺さなかったとしても、人に恨まれるようなことをして死なれたら結果は同じだろ」

　……それもそうか。

　自殺だろうと事故死だろうと、霊になってしまえば人に取り憑くことができる。死んだときに強い恨みつらみを抱えていたら、怨霊となって恨んでいる相手の元へと向かうことになる。

「だから霊能者は、誰とも衝突することなく日々を穏やかに過ごすことに腐心しているわけだ。悪事に加担できるわけがねえよな。俺の地元は霊能者だらけのふざけた町だったんだが、窃盗も傷害もまず聞いたことがないな」

　犯罪がないのは素晴らしいことだが、少々窮屈そうな気もする。

「君は悪人じゃないけど、善良というイメージでも……」

「合わないだろ。だから地元を出たんだよ」

「……そっか」

善良でなければ生きていけない。

だとしたら、どこぞの警官が口走った「前科」とは何だったのか？　頭の片隅に引っかかった疑問を、千里は見なかったことにした。その答えが何であれ、今気にするようなことではない。


追手はこれで打ち止めだろうか。千里が耳を澄ますと、ビイイイイン、と遠くにエンジン音が聞こえた。どんどん近づいてくる。

「……船？　新手か？」

「いや、こっち側、東側に寄ってるよ」

東側の桟橋はかなり老朽化している。ホテル側の人員ならば、西側を使うのではなかろうか。

「……行ってみよう！　もしかしたら――」

＊　＊　＊

朽ちかけた桟橋に停泊していたのは、一隻のモーターボートだ。見覚えのある顔が、ランタンを掲げてこちらを照らしている。

くたびれたスーツの上に、オレンジ色の救命胴衣を纏っている。佐藤録郎太だ。

「本当に来てくれたんですね！」

「へいへい来ましたよお嬢様」

千里が歓声を上げるると、佐藤はことさら不満げに言う。やはり警察らしからぬ態度であるが、モーターボートにはしっかり県警のロゴが入っていた。安心してよさそうだ。

「誰こいつ」

蓮見が見知らぬ怪しげな男に警戒感をあらわにする。

こうして並べると、蓮見と佐藤は極端に相性が悪そうだ。警戒するのも無理はないが、今はそれどころではない。

「そうだね胡散臭いね、でも乗ろう！」

船の接近に気づいたのか、チラチラと追手らしき灯りが近づいてくる。千里は渋る蓮見を船に押し込んで、自分も船に駆け込んだ。

＊　＊　＊

狭いモーターボートに乗り込み、警官に渡された救命胴衣をもそもそと着る。モーターボートが岸壁を離れると、千里は気が抜けて座り込んだ。布越しに触れる船底で脚が冷たい。

蓮見もまた、張り詰めていた糸が切れたようにぐったりと座り込んで目を閉じてしまった。ひと月の拘禁のせいか、それとも先ほど怨霊に多量のエクトプラズムを奪われたせいか。ランタンに照らされた顔は青白く、霊よりも幽霊じみていた。

千里は気力を振り払って、何とか姿勢を正す。

「助かりました。正直、こんなに早く来てくれるとは思わなくて」

「いやいや、こんなふうに脅されちゃあねえ、来ないわけにはいかないっすわ」

佐藤は、スマートフォンの画面を見せた。千里の送ったメールが表示されている。

そこには、数々の証拠と共に、もう一つのメッセージが書かれていた。

〈助けに来てもらえなかったら、このデータを自動送信して知人に渡して、動画サイトにアップしてもらいます〉

千里が助かるための最終手段である。

「警察もねえ、好きで無能やってるわけじゃあねーのさ。ここまで言われたら黙っちゃいられねえ」

「それに、佐藤さんは立場的に、この事件を表沙汰にしたくないんですよね？」

千里がそう言うと、佐藤は愉快そうな顔をした。

「ほほう。どうしてそう思った？」

「私のところに来て嫌味ばかり言ったのは、わざとなんだろうと思って」

あの問答の目的が「蓮見翠は霊能者」という証言を得ることだとしても、あえて相手の気分を損ねるような言動を繰り返す理由はないはずだ。佐藤には、千里を冷たくあしらわねばならない理由があったのではないか。

「警察は、心霊絡みの案件をなかったことにしたいんですよね？　表向きには」

心霊現象を秘匿しようとする勢力が存在する。そう強く感じたのは、あのホテルの監禁部屋に入ってからだ。

エクトプラズムの活用、あれはまるで科学――というと正しくないかもしれないが、かなり再現性が高い技術に見えた。少なくとも千里はあれを見て、もっと一般的に認められてもおかしくないという印象を受けたのだ。

けれど、社会においての心霊現象はあくまで胡散臭い話ということになっている。

これは、政府や当局などに、心霊現象を認めない、隠そうという意向があるのではないか？

佐藤が嫌味ばかり言ったのは「警察はあくまで認めませんよ」というポーズを保つためなのではないか？

「正解だ。助けたからには、この案件は穏便に済ませてくれると嬉しいね」

「ホテルのほうの被害者も全員救出してもらえたら」

「ＯＫ、ＯＫ。本件は間違いなく警察のお仕事だ。そこは信用してくれ」

犯人が被害者に呪いをかけました！　などという事件は取り扱いが困難かもしれないが、本件は多人数の拉致監禁という重大犯罪が絡んでいる。警察の介入はたやすいだろう。

「でも、どうしてそこまで心霊現象を隠そうとするんですかね？　いくら怪しげなこととはいえ、事実を誤魔化すのはむしろ非科学的な気もしますけど」

心霊現象やエクトプラズムが事実として認められれば、技術発展が進むだろう。心霊現象に悩まされる人が減るかもしれないし、あの阿須賀の弁ではないが、今は狂人扱いされている霊能者の立場も向上するかもしれないのに。

「俺もそう思うがね、あれが現実として認識されるとお上が困るのよ。君らには悪いけど未来永劫胡散臭くあってほしいわけ」

「何なんですかそれ」

煙に巻くような言い方に千里が鼻白むと、眠り込んでいるように見えた蓮見がわずかに瞼を上げた。

「国が衰退するってことだろ……もうしてるけど」

「国が？……大袈裟じゃない？」

もう衰退している、というのは少子化や経済のことを考えれば頷けるが、心霊現象にそこまでの影響力があるのだろうか？

「何だい兄ちゃん、当事者にしちゃあよく見えてるな」

佐藤はわざとらしく目を剥いてみせた。

「嫁が死んだら新しい嫁を探せばいいし、子供が死んだらまた産めばいい。薄情なようだが、お上としてはそうしてくれたほうがありがたいのよ。霊が身近になりすぎると、途端にそれが難しい」

「それは……そうかもしれませんね」

「エリゼ喜島」では、母親が、亡き子のベビーカーを押してあやしていた。確かにあれでは、新しい子など望めないか。

「それが結果的に少子高齢化に繋がるってことですか？」

「それも含め、全体的に過去に囚われて、国力低下に繋がるってことさね」

佐藤は肩をすくめた。

「……くだらねえな」

蓮見が、低い声で呟く。

「死んだら終わりだ。霊がいようといまいと関係ねえ」

……それを君が言うのか。

目の前にいるかもしれない弟は、兄の言葉を聞いて何を思うのだろうか。

「さあねえ、そこはそれぞれの宗教関係者の考えるところさ」

そう無難に流した佐藤の顔を一睨みして、蓮見は再び目を閉じた。

6　常世の郷

件のホテルの従業員は、ほとんどが霊能者誘拐の事実を知らなかった。

誘拐や輸送に関わっていた人員も、ほとんどがいわゆる闇バイトとして集められた者たちで、事件の全貌を把握していなかった。

首謀者として挙がったのは、支配人を名乗っていた阿須賀俊貴《あすかとしき》ただ一人だ。その名前も本人が業務の際に名乗っていただけで、本名ではないと見られており、身元すら分かっていない。

かなりの金額が動いていたはずなので、他にも多数の関係者・関係団体がいると想定されているが、現時点では背後関係は判明していない。

また、蓮見翠によれば、幽霊屋敷や離島の廃墟には監禁被害者の霊が多数いるらしいが、その事実確認も進んでいない。もちろん霊能者による霊の目撃情報に証拠能力はないため、多数の監禁、殺害がなかったことになりかねない事態だ。

警察は「エリゼ喜島」から集めた記録類を精査しているのだが、証拠隠滅が徹底されていたこともあって、状況は難航している。

以上のことから、阿須賀の証言が非常に重要になってくるのだが、この男はこちらが聞いていることにはまともに答えず、かといって完全黙秘するわけでもなく、勝手なことばかり喋るのである。

それも、警察も裁判所も扱いに困る心霊関係の話ばかりだ。佐藤には警察をおちょくっているようにしか聞こえなかった。

＊　＊　＊

「若い頃、私は天国を見たんですよ」

「……そりゃあ大したもんだな」

今日もまた、聞きもしないことを阿須賀は語る。けれどその中で有力な証言が飛び出してこないとも限らないので、佐藤は苛つきながら相槌を打つ。

「そこには、死者と生者の完璧な共存がありました。死者は生者を祟るようなことはなく、生者は皆温和で、貧しくも慎ましく助け合って暮らしていました。まるで御伽話《おとぎばなし》のようでしょう？　あらゆる意味で、この世のものとは思えない土地でしたよ」

「そうかい」

「その土地の住民のほぼ全てが霊媒だと知ったときには、自らがその一員になれないことに失望し、嫉妬したものです」

「……へえ」

阿須賀が支配人を勤めていたホテルの名にある「エリゼ」は、ギリシア神話で言うところの「エリュシオン」のことだろう。いわゆる冥界の一種で、善人が死後に移り住む島とされている。そんな大層な名を託されたあのホテルが「天国」を模したものというのはなかなか説得力のある話だ。

今の話を信じるのならば、動機という点での主犯は阿須賀だと見てもいいのかもしれない。だとしても、彼に金と機会を供給した者のことを無視するわけにはいかないが。

「霊として永遠に存在できるとすれば、愛する者たちとの断絶を恐れる必要がなくなります。生死という絶対的な箍《たが》から解き放たれたとき、人の霊性は一つ上の段階に進めるのでしょう」

話がカルトじみてきた。どこまで本気で語っているのか佐藤には判断できない。

だが、この男に「天国」の思い出があることは事実なのだろう。佐藤は「天国」の正体に一つ心当たりがあった。

蓮見翠の出身地は、A県の山間部にある小さな集落だ。かなり閉鎖的で、僻地でありながら不自然なほどに人口流出が少ない。また犯罪は極めて少なく、警察の記録によれば、蓮見が起こした事件が数年ぶりの犯罪とされていた。

そこは、かつて特殊な生業《なりわい》を持つ者を隔離した土地であったらしい。その土地柄、人に見えないものを見る者が多く集まっていると言われている。

エリゼ喜島の状況を考えれば、霊能者が群れて暮らす土地が霊だらけなのは想像に難くない。阿須賀の言うように、霊として存続できれば死を恐れることはない、と考える者もいるだろう。生者と死者が共に暮らし、死の恐怖のない土地を「天国」を称するのは理解できなくもない。

だが、蓮見翠はそこから出奔している。

「……結局楽園なんてもんはどこにもないんだろうねえ」

佐藤はそう独りごちる。珍しく興味を示したのか、阿須賀がこちらに視線を向けた。

蓮見翠によると、この男は怨霊にさえ嫌われているらしい。そして、その特性を持つ者は大概性格が悪いのだとか。

怨霊——佐藤の部署では「高リスク残留人格」と呼ばれているが、「怨霊」のほうがよっぽどシンプルで分かりやすい——の行動原理は「自分の気持ちを分かってほしい」であると推測されている。他者を理解しようとしない輩《やから》ほど怨霊耐性があるというのは頷ける話だ。

廃屋で確保された半グレの男たちは、未だに悪夢のフラッシュバックに悩まされているというのに、この男は図太くも毎日安眠しているらしい。「悪党のボスなのに何で！」と、かの女探偵が嘆くのも分かる。世の中は必ずしも因果応報ではないが、それを期待してしまうのも人の性だ。

「……あんたはつまり、その『天国』に影響を受けてあのホテルを作ったんだな」

佐藤は席を立ち、人を小馬鹿にした表情を作ってみせる。一番得意な顔だ。

「にしちゃあ、随分子供騙しだったな。地獄と呼ぶのも閻魔様に失礼だ。せいぜい幽霊屋敷がいいとこだな」

佐藤はそう言い放ち、からからと笑いながら部屋を出た。

遠く机を殴る音が聞こえて、佐藤はほくそ笑んだ。世間の目が厳しい昨今だが、これくらいの意趣返しは許してほしい。

心霊案件の捜査記録など、どうせ収まりのいい「真実」に書き換えられるだけなのだから。

千里が喜島に不法潜入したことに関する警察からの本格的なお咎めはなく、口頭注意のみとなった。

一方で、事件の情報はあまり共有されなかった。伝え聞いたのは、阿須賀を含め島にいた実行犯が多数逮捕されたこと、地下室に監禁されていた者たちが全員保護されたこと、その多くは時間をかければ社会復帰が可能だろう、ということくらいだ。

ひと月もすれば心が壊れると阿須賀は言ったが、社会復帰できる者の中には数年間監禁されていた者もいるという。人間はあの男が思うよりもずっとしぶとかったらしい。

そして、捜索依頼の出ていた二木沙雪も無事保護された。

三か月前に拉致された彼女は、数日の検査入院の後、早々に退院したようだ。ただし筋力がかなり弱っていたため、しばらくは車椅子生活になりそうだとのことである。大学は休学することに決めたそうだ。

後に、沙雪本人と話す機会があった。

初めて顔を合わせた彼女は、千里が無意識にイメージしていた薄幸の佳人という雰囲気ではなく、おっとりとしているが芯の強そうな女性だった。

身体は痩せ細っていたが、受け答えはしっかりしていて、千里から見る限りではあるが、メンタルの深刻な傷は感じられなかった。

囚われていた沙雪は、蓮見と千里が監禁部屋で騒いでいるのを全て認識していたらしい。

「助けに来てくれてありがとうございます」と、彼女は車椅子の上で深々と頭を下げた。

「動けないときに、しりとりの声が聞こえたんです。子供の声でした」

ほとんどの時間ぼんやりとしていた彼女は、その声を聞いているうちに我に返ったのだという。

「一人で、誰かを相手にしりとりしているようで。りんご、……ラッパ、みたいな感じで。間の言葉は何だろう、と考えていると、だいぶ気も紛れました」

あの場に拘禁されていた者たちは、全員口枷を付けられていた。そもそもあの部屋には子供はいなかったはずだ。——生きた人間の中には。

その謎の声が、蓮見を含む霊能者たちの正気を保つのに一役買った可能性はありそうだ。

蓮見はその件には何も触れなかったが。

テレビやウェブの報道において、『エリゼ喜島』に関する報道は一切見つけられなかった。もともと世間で報じられる事件など一握りなのだろう。当局がもみ消そうとしているのならなおさらだ。

事件は世間的にもみ消され、もちろん千里の無謀な冒険も隠されてしまうわけだが、霊能者たちが解放されたことで、千里は充分に満足した。

霊能者たちの次に気の毒なのは、急に死者との交流を絶たれた何も知らない利用者たちかもしれない。

だが、蓮見や佐藤が語ったように、生きている者は未来に向かわねばならない。天国は死んだときに行ければそれで充分だ。

＊　＊　＊

一連の騒動のひと月後。

蓮見の復帰ライブの日、千里はいつもとは違う緊張感とともにライブハウスに向かった。

蓮見が体力を取り戻したことは聞いているが、以前のように歌えるのか。バンドメンバーやバイト先とは揉めなかったのか。客の入りはどうなのか。

蓮見が攫われたことに責任を感じている千里は、あらゆることが心配で仕方がなかった。

開始予定時刻よりも早くライブハウスに向かう。

重い扉を開けようとしたとき、中からひょろ長い男が出てきた。千里は一歩下がって道を開けようとしたが、見知った顔に気づき足を止める。

「佐藤さん？」

佐藤録郎太である。ちなみにこの男は、警察勤めではあるが刑事ではないらしい。正しい肩書は謎である。

「ああ、お転婆姫かい。どーもー」

扉の前を塞がないよう移動しながら、佐藤は控室を顎で示した。

「霊能少年ハスミンをね、スカウトしに来たのよ」

一昔前のオカルト漫画のようなことを言う。

「スカウト？」

「警官にはなれんけど、専属の協力者として。……振られたけど」

「ああ、そうなんですか」

「『国民の血税なんて貰いたくないね。国民ならクズでも助けなきゃいけないんだろ？面倒臭い』と仰せで」

蓮見の言いそうなことだ。暴言のように聞こえるが〝税金を貰ったら全ての国民のために働かねばならない〟という発想があるあたり、根が生真面目なのだ。

「フリーターなんだし飛びついてくると思ったんだけどなあ」

「彼、お金には困ってないみたいですよ」

「フリーターのバンドマンなんて貧乏であれよ！」

佐藤は大袈裟に嘆く。

蓮見は、ライブハウスやパチンコ店のバイト代のほか、高齢者バンドのメンバーから雇われボーカリストとしての報酬をもらっているらしい。具体的な金額は知らないが、浪費しなければ生活できるくらいの収入はあるようだ。

「首輪が付けられなくて残念でしたね」

千里は精一杯の皮肉を込めて言う。

心霊現象を隠蔽しなければいけない佐藤の立場からすると、優れた霊能力者である蓮見はあまり野放しにしておきたくない存在なのだろう。霊能力者が集まることで、常人ですら霊の姿を見ることができるということは「エリゼ喜島」が実証している。

「前科者とか言ってたくせに、警察に協力させようとするのはどうかと思いますけど」

本来の意図を隠すためだったとしても、あのようにこき下ろしておいて味方に付けようとは片腹痛い。

「それはな、実は正確じゃねぇんだわ。ぎりぎり少年だったし、『前科』はない」

……ということは、殺人等の重罪ではないにしろ、悪さ自体はしたということか。

島で振り払った疑問が蘇る。霊能者は善良じゃないと生きていけない、そう言い切った蓮見が一体何をしたというのか。

「気になる？　気になるな？」

心の裡を読まれて、千里は勢いよく首を横に振る。その手に、佐藤は千切り取った手帳のページを握らせた。

「警察の記録にある蓮見翠の情報だ」

つまり、警察の内部情報である。

「要りませんって、そんな怖いもの！」

「大丈夫大丈夫、名探偵なら五分で調べられるような内容よ。大したもんじゃない」

手放そうとしたが、ぐっと握り込まされて離すことができない。

「これに免じて、今後も上手いこと坊ちゃんの手綱握ってくれや」

「賄賂なんですか⁉　やめてくださいよ！　ちょっと！」

千里が通行人に気を取られた隙に、佐藤はそそくさと去っていく。

……メモを突き返しそびれた。

扉の向こうから演奏が聞こえてくる。蓮見の所属するバンドの出演は最後なので、まだ時間はある。

千里はくしゃくしゃになったメモを手に立ち尽くした。

警察の内部情報の漏洩というのは論外だが、そうでなかったとしても、友人の過去を人づてに知るというのは褒められたことではない。

だが、蓮見はけっして進んで過去を語るタイプではない。そこそこ親しい自分よりも佐藤のほうが蓮見のことを知っているというのも癪に障る。

「………」

誘惑に負けて、千里は紙を開いた。

「え?」

殴り書きのメモは、思ったよりもボリュームがあった。

そういえば、佐藤はこのメモを「蓮見翠の前科の記録」とは言っていない。「警察の記録にある蓮見翠の情報」と言っていた。

警察が一般市民と関わるのは、犯罪捜査のときだけではない。

例えば――病死以外の要因で、人が死んだときも。

＊　　＊　　＊

蓮見翠　――父母弟との四人家族

２０ＸＸ年（10歳時）――弟・望（９）　遊具絡みの事故死　事件性なし

２０ＸＹ年（11歳時）――母・佐恵子（41）　自室で縊死　遺書なし　事件性なし

２０ＺＺ年（18歳時）――父・悟（49）　失踪　三か月後に北海道の岸壁で遺体発見　事件性なし

父親が失踪した一週間後自宅に放火。小火。通報を受けて駆け付けた警官に放火を認める発言をする。

この際、父親の死をほのめかしたため、父の殺害・証拠隠滅が疑われる。後に失踪後の父親の足取りが北海道で確認されたことから容疑が晴れる。再犯の疑いなしとして処分なし。

父親の遺体が確認された翌月、業者に依頼し自宅を解体、地元業者に売却→その後すぐ上京？

＊　＊　＊

「自宅に、放火……」

放火は重罪だ。小火で済んだ上に、他の住人がいなかったから軽い処罰で済んだのだろう。

しかし、蓮見らしからぬ罪状である。家族全員と死別したことで、精神が参っていたのだろうか。

蓮見は不機嫌なことが多いが、激することはあまりない。少なくとも千里が知る限りはそうだった。千里は、出会ってからの蓮見の言動を反芻する。

――そんなもんは、燃やすか壊すのが一番なんだよ。

脳裏によみがえった刺々しい言葉に、千里はぎくりとした。

燃やすか、壊すか。怨霊の憑いた盃を前にして、蓮見は確かにそう言っていた。

千里はメモ書きを読み返した。蓮見は放火で小火を起こした後、自宅を解体している。

……燃やせなかったから、壊した？

掌がじとりと汗ばんでいた。ライブハウスの扉から漏れる音が遠ざかっていく。

蓮見の父親殺しを疑った警察官は、少々短慮かもしれないが、人心を察するのに長けた人物だったのかもしれない。

蓮見はこのとき、確かに父を、あるいは家族全員を殺そうとしていたのだから。


憶測も含めて時系列順に蓮見の半生を辿ると、以下のようなものになる。

まず弟が死亡する。死亡した弟は霊となり、蓮見のそばに残る。

弟の後を追うように母親が自殺する。死んだ母親もおそらく家に居着いた。

近しい人物が自死するということ自体心に傷を残すことだが——その傷の痛みは千里自身も知っている——その人物が何食わぬ顔で自分の周囲に居続けるというのはどういう心境だろうか？　想像することしかできないが、けっして快いものではなかったはずだ。

けれど蓮見は霊を消滅させることはできない。嫌でも共に暮らすしかない。

霊が常駐する家のことを幽霊屋敷と称するのならば、蓮見は幽霊屋敷で育ったのだ。

さらに父親は、蓮見が十八の時に責任を果たしたとでもいうように失踪し、霊となって帰宅する。蓮見がまだ発見されていないはずの父の死をほのめかしたのは、父の霊を目撃したからだろう。

蓮見が実体のない家族のことをどう思っていたかは、このメモ書きだけでは分からない。

だが蓮見は、自宅に居座る霊をどうにかするために家に火を点けた。それが上手くいかなかったから、今度は業者に依頼して家を更地にした。そうして蓮見は、ついに家族の「殺害」に成功したのだ。


けれど、今も弟は蓮見のそばにいる。

それは弟が、家ではなく蓮見自身に憑いているからだ。自分を燃やしたり壊したりするわけにはいかない。

だから仕方なく、蓮見は今も弟を連れて歩いている。

何があっても兄を慕う弟を。

母が自宅で首を吊っても、父が失踪しても、兄が家に火を点けても、天真爛漫に兄を慕い続ける弟を。

――そんなものは、下手な怪談よりも遥かに不気味で恐ろしい。

千里は鼻をすすった。悲しくもないのに涙が出そうな気分だ。

霊能力を持ったばかりに、家族と健全に死に別れることができなかった蓮見が、ただただ憐れだった。

だが、蓮見は他人に憐れまれることを良しとはしないだろう。蓮見はちゃんと現状に折り合いを付けて生きている。その強さを、千里は素直に称賛したい。

それでもきっと、息苦しいときはある。

けっして目立ちたがりではない蓮見が人前で歌うのはそのためか。きっかけは成り行きだったとしても、社会や世界への怒りや不満を吐き出す昔ながらのロックは、蓮見によく馴染んだのだ。

キイン、とライブハウスの中からハウリングが聞こえる。機器トラブルを頻発させる裏方泣かせの歌い手が現れたせいだろう。千里は手汗でぐちゃぐちゃになったメモをポケットの奥に捩じ込んで、ライブハウスの中に急いだ。

熱気と歓声が充満したそこは、日常から隔絶された一つの異空間だ。

最初にドアを開けたときよりも不自然に客の密度が高い。ずっと千里は入り口付近にいて、客の出入りをだいたい見ていたのに。彼の歌を聞きに来ているのは、この世のものだけではないのかもしれない。

耳慣れたやかましいイントロに耳を傾ける。

どこかから聞こえた幼子の歓声を、蓮見のがなり声が掻き消した。

著者プロフィール
遠藤 ヒロ（えんどう ひろ）
青森県出身、在住。
会社員。小説投稿サイトにて活動中。
オムニバス短編集『ワンルーム・ショートストーリー』（PHP研究所、2021年）に作品収録（別名義にて）。

幽霊屋敷にようこそ

2025年4月15日　初版第1刷発行

著　者　遠藤 ヒロ
発行者　瓜谷 綱延
発行所　株式会社文芸社
〒160-0022　東京都新宿区新宿1－10－1
電話　03-5369-3060（代表）
03-5369-2299（販売）

印刷所　株式会社フクイン

ISBN978-4-286-26385-4